Christian Ritter

Die korrekte Anordnung der Tiere im Zoo

1. Auflage 2017

Lektorat: Miriam Spies
Satz: Fred Uhde (www.buch-satz-illustration.de)

ISBN: 978-3-957910-67-7

Hat Dir das Buch gefallen? Schreib uns Deine Meinung unter: info@unsichtbar-verlag.de
Mehr Infos jederzeit im Web unter www.unsichtbar-verlag.de

Unsichtbar Verlag | Wellenburger Str. 1 | 86420 Diedorf

Christian Ritter

Die korrekte Anordnung der Tiere im Zoo

Satiren & Kurzgeschichten

UNSICHTBAR
VERLAG

Inhalt

Teenagermädchen

Sie leben unter uns. Sie haben eine eigene Kultur, eine fremde Sprache, immer die neusten Smartphones und sie beschäftigen sich nur mit sich selbst. Teenagermädchen.

Ich habe lange darüber nachgedacht und nur eine einzige Sache gefunden, die mich mit Teenagermädchen verbindet: Ich finde Justin Bieber süß. Aber wer tut das nicht?

Teenagermädchen. So selten man als normal-lebender Mensch mit ihnen in Kontakt kommt, so irritierend fallen diese Aufeinandertreffen aus. Kürzlich suchte ich eines ihrer natürlichen Habitate auf, einen Starbucks. Vier Teenagermädchen standen, zwei Meter vom Bestelltresen entfernt, verloren in der Gegend herum, wie es ihre Art ist, und starrten auf ihre Telefone. Ich ging an ihnen vorbei und bestellte eine Latte in einer der Größen, die übersetzt alle »groß« heißen, *tall* oder *grande*, ich weiß es nicht mehr genau, da nahmen sie von hinten Kontakt zu mir auf.

»Hallooohooo?«, riefen sie, ich drehte mich um und sagte: »Hallo.«

Kurz wirkten sie verunsichert, dann eher wütend, dann verfielen sie in ihre Grundstimmung: sich von der Welt missverstanden fühlen.

»Hallooohooo?«, wiederholte eine, und die andere übersetzte: »Wir waren vielleicht zuerst da?«

Ich fragte mich, warum sie mir so viele Fragen stellten, kümmerte mich nicht weiter und sagte dem Barista, ich hieße Justin, als er mich nach meinem Namen fragte. Ich habe bei Starbucks immer Angst, meinen richtigen Namen zu nennen, weil ich denke, dass ich dann vielleicht nicht bedient werde, weil zu unfancy, und dass mich der Barista rüber zur Nordsee-Filiale schickt, weil man als Christian oder Stefan oder Michael doch eher mit einem Lachsersatzbrötchen kompatibel ist.

»Hallooohooo, also das geht gar nicht?«, schob die Rädelsführerin der Bande nach, »Wir haben hier auf unseren Telefonen vielleicht geschaut, was wir bestellen wollen?«

Schon wieder eine Frage, auf die ich keine Antwort wusste, also reagierte ich auch nicht.

»Ich glaub, der is behindert«, flüsterte eine in Raumlautstärke, eine andere flüsterte dagegen: »Behindert sagt man nicht mehr, du Spast.«

Ich schüttete mir Zucker in den sogenannten Kaffee und ging an ihnen vorbei nach draußen, wobei ich nochmal »hallo« sagte. Eine machte ein Foto von mir und stellte es vermutlich direkt auf Facebook, zusammen mit dem Kommentar: *Der Arsch hat sich vorgedrängelt, obwohl wir mitten im Raum standen!!!* Fünf wütende, rote Smileys.

Teenagermädchen. Wie anstrengend es wohl für sie sein muss, jahrelang in diesem Wartezimmer aufs Leben herumzusitzen, sich mit dreiminütigen Videos mit zu schnellen Schnitten und Gelärm die Zeit zu vertreiben und ihre so unausgegorenen wie unumstößlichen Meinungen in die Welt zu posaunen, die sich nicht dafür interessiert.

»Alter, ich hasse grüne Augen!« – Originalzitat der besprochenen Spezies, mitgehört auf der Schildergasse in Köln. Die weitere Unterhaltung:

»Ich hasse auch meinen eigenen Augen, die sind voll langweilig.«

»Hauptsache, der Jonas mag deine Augen.«

»Der Jonas? Der Jonas is n Arsch!«

»Was? Den hast du doch immer voll süß gefunden.«

»Jetzt nich mehr?!?«

»Ich find den immer noch süß.«

»Ich hasse dich?!?«

Teenagermädchen. Was sie wohl denken in ihren kleinen, hübsch frisierten Köpfen?

Ich will nicht so werden wie meine Mutter.
Also n bisschen schon, aber, aber nicht so.
Ich lass mir nix sagen, ich mach was ich will.
Ich mag den Robin voll.
Ich muss mal wieder n Selfie machen.
Ich glaub, ich mag den Robin doch nicht.
Hm, die Treppe ist zu Ende, ich bleib jetzt einfach mal stehen.
Wo soll ich denn jetzt hin?
Hach, das ist alles so anstrengend.
Jetzt wollen die Leute an mir vorbei.
Alle wollen was von mir, ich bin so wichtig.
Schon drei Likes für das Rolltreppenselfie.
Hm, könnten auch schon zehn sein.
Booo, keiner interessiert sich für mich, ich will sterben.
Nee, doch nicht, da ist Robin.
Ich lach mal schüchtern.
»Ähähä.«
Alter, der schaut nicht, ich hass den?!?

Teenagermädchen. Sie leben unter uns. Sie haben ihre eigene Kultur, ihre eigene Sprache, immer die neusten Smartphones und sie beschäftigen sich nur mit sich selbst. Teenagerm... Hmmm, Moment. Sind wir nicht alle ein bisschen Teenagermädchen? Ein bisschen unangekommen, ein bisschen unsicher, ein bisschen geltungsbedürftig, ein bisschen am Rand stehend, ein bisschen *Ach-ich-weiß-auch-nicht*, ein bisschen sehnsuchtsvoll nach dem, was noch kommen mag, ein bisschen, bisschen dumm?

Lasst uns Teenagermädchen sein, im Starbucks bestellen und sagen: »Meine Mutter macht voll den Stress, weil ich noch nicht zu Hause bin«, und uns dann an den Tisch setzen und dem Kaffeevollautomaten lauschen, dem Sound unseres Daseins draußen und drinnen im Kopf.

Schwer wird es noch früh genug.

Teenagermädchen. Just be!

Ein Fest

An einem Donnerstag im Mai saß ich anlässlich eines Geburtstages um 15 Uhr am fein gedeckten und mit Servietten in angedeuteter Schwanenform dekorierten Esszimmertisch meiner Eltern, schüttete mir heimlich Fernet Branca in den Kaffee, was Besseres war diesmal im Keller nicht zu finden gewesen, und beobachtete die Leute, mit denen ich durch Schicksal und Verwandtschaft schon sehr oft an fein dekorierten Esszimmertischen gesessen hatte. Diesmal waren es 14. Das Interesse aneinander und vor allem an mir hielt sich wie immer in Grenzen, die üblichen Fragen »Na, wie lange bleibst du diesmal?« und »Studierst du eigentlich noch?« beantwortete ich routiniert mit »bis morgen« und »nönönönönö«, womit sich jeder umgehend zufrieden gab und sich interessanteren, weil rückfragenden Familienmitgliedern zuwandte.

Die Hauptrolle spielte diesmal meine Schwester. Sie hatte gerade aus Verzweiflung ihr viertes Kind zur Welt gebracht. Die Verzweiflung resultierte daraus, dass sie nach drei Jungen nun endlich auch ein Mädchen haben wollte. Aber alle Herumrechnerei, Kopfstände und Brokkoli-Orgien, die das Geschlecht beeinflussen *können*, hatten irgendwie nichts gebracht. Das vierte Kind ist auch ein Junge und heißt Reinwald. Immerhin besser, als wäre es ein Mädchen und würde Reinwald heißen. Das ist aber das einzig Positive daran. *Wenn es schon kein Mädchen ist, versaue ich ihm wenigstens durch seinen Namen nachhaltig das Leben*, dachte meine Schwester, dachte ich.

»Der kleine Reinwald. Na, is er schon schwul?«, fragte Opa.

Das fragte Opa seit dem zweiten Kind immer. Er hatte irgendwann mal in der Zeitung gelesen, dass die Chance auf ausufernde Homosexualität mit jedem weiteren männlichen Kind frappierend ansteige und verbreitete es seitdem als unumstößlichen Fakt.

»Wegen dem Testosterin, das wird immer weniger, soviel hat die Mutter davon nicht. Jeder Bruder wird immer wärmer. Höhö. Beim Reinwald bin ich mir ganz sicher. Schau doch, wie verknautscht und verweichlicht und tuntig der ausschaut. So ein rosa Gesicht!«

»Opa, er ist vier Monate alt«, verteidigte ich den kleinen Reinwald, »nach deiner Einordnung wären ja alle Kinder schwul.«

»Na so weit kommt's noch!«, entgegnete er.

»Er ist das schönste Kind der Welt«, sagte meine Schwester und meinte es im schlimmsten Fall auch so. Reinwald war wirklich nicht der Typ, der bald für Alete modeln würde. Er hatte noch nicht mal einen ganz runden Kopf und sah aus wie ein Marshmallow, das man drei Tage lang in der Sonne hatte liegen lassen. Das Liebesbekenntnis meiner Schwester hatte aber wenigstens den Effekt, dass die anderen drei Buben sofort anfingen zu weinen, weil ja nun keiner von ihnen mehr das schönste Kind der Welt sein konnte, wenn Reinwald es war. Mein Schwager helikopterte aber sofort auf die drei herunter und gab ihnen je einen Gummifrosch zu essen, sodass sie wieder etwas hatten, das sie froh machte. Er hatte immer einen ganzen Beutel mit Gummiwaren dabei, einen Lederbeutel am Gürtel, wie man ihn von Raubvögelfütterungen kennt, voll mit Gummifröschen. Er stopfte sie seinen Kindern zu allen möglichen Anlässen in die Münder.

Oh, du weinst? Gummifrosch!

Du bist zehn Meter gelaufen ohne hinzufallen? Gummifrosch!

Du hast nur dein Gesicht und T-Shirt mit dem Schokoeis eingesaut, aber nicht die Hose? Toll, Gummifrosch!

Es war alles sehr vorhersehbar. Nicht nur die Froschverfütterung, nicht nur die Handlungen meines Schwagers, alles folgte einem ungeschriebenen, aber seit Jahrzehnten gleichen Protokoll.

Die Familienfeiern verliefen so abwechslungsreich wie Steffi Graf beim Rückhandspielen.[1]

Jedes Stück Kuchen, das Onkel Paul, seines Zeichens Mitte vierzig, Single und enormst übergewichtig, sich in seinen Körperpalast einbaute, wurde von Oma mit einem kritischen Blick

---

1 Der Vergleich »so abwechslungsreich wie Steffi Graf beim Rückhandspielen« ergibt enormen Sinn, wenn man Steffi Graf jemals Tennis spielen gesehen hat. Jüngere Generationen werden ihre Schwierigkeiten mit der Imagination des vorliegenden Vergleichs haben und sich zum Beispiel fragen »Wer ist Steffi Graf?«, »Was ist Sport?« und »Warum sollte mich das interessieren, wenn ich es nicht in ein erotisches Selfie von mir bei Snapchat einbauen oder es mir in Plastikform ums Handgelenk binden kann?«
Erklärung: Steffi Grafs stets einhändiges Rückhandspiel beinhaltete folgende Varianten: Slice, Slice – und erinnerte in seiner Berechenbarkeit und Anmut an den Takt von Scheibenwischern eines VW Polo auf Stufe 2. Würde man sämtliche Rückhände, die Steffi Graf jemals gespielt hat, in einem YouTube-Video zusammenschneiden, hätte man das langweiligste filmische Werk seit Menschengedenken erschaffen, knapp gefolgt von allen Tatorten, die am Bodensee spielen.

bedacht, bis sie schließlich zur altbekannten Ansprache mit dem Titel *Du brauchst dich gar nicht wundern, dass dich keine will* ansetzte. Was Oma nicht wusste: Onkel Paul will seinerseits auch gar keine. Seit er mir einmal versehentlich WhatsApp-Nachrichten geschickt hatte, die für einen seiner Lustknaben bestimmt waren, weiß ich sehr gut, was er in Liebesdingen so will, und das will wirklich keiner wissen. Solange die monatliche Schweigelastschrift von seinem auf mein Konto wechselt, wird auch niemand davon erfahren. Onkel Paul ist übrigens das vierte männliche Kind.

»Wisst ihr noch«, setzte Tante Margit aus ihrer Ecke unter einer Hängepflanze an, »damals an Weihnachten, das war Neunzehnhundert...« – einer meiner Neffen bewarf sie spontan mit einem Spielzeugauto, das sie mit ihrer Dauerwelle abfederte und unbeeindruckt weiter erzählte – »... siebenundachtzig. Fast wären da fünfzig Mark im Müll gelandet, weil ich den Umschlag zwischen dem ganzen Geschenkpapier gar nicht gesehen habe. Ich weiß auch nicht, wo ich da mit meinem Kopf war.«

Vermutlich zwischen der gleichen Frisur wie heute, dachte ich.

»Und dann kam der kleine Christian angekrabbelt und hat die fünfzig Mark einfach so aus dem Müll gefischt ...« Rückhand-Slice, Rückhand-Slice, Rückhand-Slice, Rückhand-Slice.

Das wirklich Tragische an der Geschichte ist, dass Tante Margit seit Weihnachten ’87 tatsächlich nichts Aufregenderes erlebt hat und die Geschichte grade zum mindestens 87. Mal erzählte.

»HÄ-hä-HÄ-hä-hä-HÄ«, summte meine Schwester in das peinlich berührte Lachen hinein und wiegte den kleinen Reinwald dazu auf dem Arm. »HÄ-hä-HÄ-hä-hä-HÄ.«

Die Gesichter ihrer Kinder hellten sich sofort auf, da sie das Lied wohl erkannt hatten. Sie fingen an, mitzusingen: *Atemlos durch die Nacht.*

»Jetzt wird er auf jeden Fall schwul«, kommentierte Opa.

Onkel Paul fühlte sich wie immer beim Anschneiden des Themas in der Defensive und dazu berufen, irgendetwas extrem heterosexuelles zu sagen: »Hier, die Kleine, die Tochter vom Konrad, die hab ich im Schwimmbad gesehen. Brüste hat die, Brüste! Die würd mir auch gefallen. Mit diesen Brüsten! Solche Dinger!«

»Paul, die ist 15«, sagte Tante Margit bestürzt.

Aus seinen fehlgeleiteten Nachrichten wusste ich, dass ihm das zumindest egal wäre.

Atemlos durch die Nacht sang jetzt auch Oma. Ich suchte verzweifelt nach dem Fernet Branca in der unauffälligen Micky-Maus-Trinkflasche. Das große Kind hatte sie sich gegrapscht und versuchte gerade, sie aufzuschrauben.

Opa zwinkerte mir verschwörerisch zu und machte eine flüchtige Bewegung mit seinem Kopf. Zumindest dieses Ritual an Familienfeiern mochte ich, auch wenn es heute sehr früh kam.

»Wir gehen mal eine rauchen«, sagte Opa.

Er und ich standen auf und gingen in die Garage. Er packte das Gras aus, das er für seinen Grünen Star verschrieben bekommen hatte, ich drehte uns zwei formschöne Tüten und wir kifften uns in die Gleichgültigkeit. Dann setzten wir uns auf die Terrasse und schauten eine Stunde lang in den Himmel. Von drinnen hörten wir gedämpftes Kindergeschrei, Kindergekotze, der Kleine hatte die Flasche wohl aufbekommen, und atemlosen Gesang.

»Was ich mich schon immer gefragt habe«, sagte Opa.

Fünf Minuten später redete er weiter: »Warum hat Steffi Graf ihre Rückhand nie beidhändig und Topspin gespielt?«

»Tja, Opa, das weiß wirklich niemand.«

Das Land der Frühaufsteher

»Ich hab ein Angebot für dich bekommen«, sagte mein Verleger, »gar nicht so schlecht, eine Lesung!« Nach einer kleinen, aber bedeutsamen Pause fuhr er fort: »Also, um ehrlich zu sein, ich hab noch nie was von der Stadt gehört. Aber die Frau, die angefragt hat, klang ganz nett. Sie ist die Chefin vom Tourismusbüro oder so. Und die Gage ist, äh, vorhanden.«

»Aha«, sagte ich, und die Sache war eingetütet.

Einige Wochen später machte ich mich auf den Weg. Wie ich mittlerweile recherchiert hatte, lag die auch mir bis dato unbekannte Stadt in Sachsen-Anhalt und war mit dem Zug nur sehr umständlich zu erreichen. Ich bediente mich also eines Automobils. Es war Hochsommer, der Himmel klar, um die 30 Grad. Ich passierte die Landesgrenze und ein großes Autobahnschild empfing mich:

HAHA, dachte ich, *das werde ich später bei der Lesung aufgreifen und eine vorzügliche Pointe anschließen, um die Stimmung zu lockern*. Ich war wirklich gut drauf. Je näher ich aber der Stadt kam, die auch weiterhin unbenannt bleiben soll, desto mehr verdunkelte sich der Himmel. Wolken schoben sich neben- und übereinander und mit dem abnehmenden Licht senkte sich auch meine Stimmung etwas. Zwei Tage zuvor hatte mich die Frau aus dem Tourismusbüro angerufen und mir mitgeteilt, dass der Lesungsort verlegt werden musste. »Höhere Gewalt«, hatte sie schlicht gesagt, und so wurde ich vom Domplatz in ein Hotel verschoben. Meiner Frage nach den Vorverkaufszahlen war sie dreimal in Folge mit Bemerkungen über die Schönheit der Stadt ausgewichen und ich fand es unschick, sie ein viertes Mal zu stellen. Erst jetzt begann ich, mir ein wenig Sorgen zu machen.

Ich fuhr von der Autobahn ab, die Landschaft wurde unwirtlicher und der Asphalt löchriger. Die Fahrbahn engte sich ein und schließlich verschwanden die Straßenmarkierungen. Ich musste einem Rehkadaver ausweichen, der augenscheinlich schon ein paar Tage halb auf der Fahrbahn liegend vor sich hin weste. Ein Motorrad überholte mich mit abenteuerlicher Geschwindigkeit. Der Fahrer trug keinen Helm. *Schönes, freies Sachsen-Anhalt*, dachte ich, und sah schon das Ortseingangsschild vor mir.

Da im gesamten Internet kein Hinweis auf das betreffende Hotel zu finden gewesen war, musste ich mich nun durchfragen. Ein graugesichtiger Mann am Straßenrand war auf einen Kehrbesen gestützt und hob, als er mich sah, die Faust zur Begrüßung. Lieber den Nächsten fragen, dachte ich. Es stellte sich aber heraus, dass sich niemand sonst im Freien aufhielt, die Hauptstraße des Orts bot auch keinen Anlass dazu, sie war wenig einladend gestaltet, die meisten Geschäfte sahen sehr geschlossen aus und waren es mit Rollläden. Also wendete ich einige hundert Meter weiter und fuhr zurück zu dem Mann, der seine Position nicht verändert hatte, wieder die Faust hob und »Aaaargh« machte, als er mich sah. Ein putziges Begrüßungsritual, dachte ich. Ich ließ das Fenster herunter und fragte: »Entschuldigen Sie bitte, mein Herr, wo ist hier denn –«

»Hier ist gar nichts!«, würgte er mich ab. »Verschwinde, du Hasendieb!«

Er hob den Besen und schwang ihn um sich wie eine sowjetische Hammerwerferin.

Ich legte kleinlaut den Rückwärtsgang ein und entfernte mich von ihm, suchte auf eigene Faust weiter und wurde schließlich fündig. Das Hotel *Zur alten Eiche* war prominent platziert und als einziges Gebäude im Umkreis von zehn Kilometern kürzlich gestrichen worden, in einem satten Laubgrün. Vor dem Eingang erwartete mich eine Frau, die stark nach Tourismusbüro aussah.

»Herr Ritter! Sie sind zu spät!«, begrüßte sie mich.

Ich war vier Stunden Auto gefahren und fünf Minuten nach der verabredeten Zeit angekommen. Es war noch über eine Stunde Zeit bis zur Lesung. Sie führte mich in den kleinen Garten des Hotels, wo vor der abgrenzenden Backsteinmauer fünf Bistrotischchen mit je vier Stühlen aufgebaut waren. Im Eck ein weiterer Bistrotisch mit einem Stuhl, einem Tischmikro und einer Blumenvase mit Gänseblümchen. Mein Reich.

»Ich mag ja kleine Lesungen«, versuchte ich, den Schock zu überspielen.

Sie begann, hektisch zu kichern.

»Jaja«, sagte sie. »Ach, jetzt, wo Sie schon hier sind, kann ich's Ihnen auch sagen. Die Lesung hätte ja auf dem Domplatz sein sollen, aber die Kirche hatte was dagegen. Wegen Ihrem Buchtitel. Weil da …«, sie sah nach links und rechts, versicherte sich, dass wir keine Mithörer hatten, und fuhr flüsternd fort, »weil da *Geschlechtsverkehr* drauf steht.«

»Das meinen Sie doch jetzt nicht ernst?!«

»Doch!«

Ich glich meine Lautstärke unbewusst der ihren an: »Und deshalb wurde die Lesung hierher verlegt?«

»Ja.«

»Das ist ja grotesk.«

»Ich habe dann auch gar keine Werbung mehr dafür gemacht, weil ich mich so geschämt habe.«

»Kann ich einen Whiskey bekommen?«

»Wenn Sie ihn zahlen.«

»Können wir aufhören zu flüstern?«

»Ja.«

»Also mal im Ernst: Mit zwanzig Leuten kann so eine Lesung auch ganz nett werden.«

»Na … So viele werden's nicht. Im Vorverkauf sind zwei Karten weggegangen.«

»Wie viel kostet der Whiskey genau?«

Eine Stunde später ging die Lesung los. Zu den beiden vorverkauften waren noch zwei Karten im freien Verkauf gekommen, alles Frauen um die fünfzig. Ich hatte mich in der Zwischenzeit beim Whiskey mit dem Hotelchef angefreundet, der mangels Beschäftigung und Beschäftigten auch die Bar bediente, und ihn dazu genötigt, zur Lesung nach draußen zu kommen. Er hatte auch seine aktuelle Bumse mitgebracht. Ich würde solche Worte nicht in den Mund nehmen, er hat seine Freundin selbst so bezeichnet: »Meine Bumse kommt auch mit, die macht hier auch die Betten. Manchmal, wenn keine Gäste da sind, weißt du … wir haben so viele Betten in denen wir es …« und so weiter.

Mit der Tourismusfrau waren es also sieben Zuhörer, der Geselligkeit halber schoben wir zwei Tische zusammen und bildeten einen Kreis, auf das Mikro verzichtete ich.

Ich eröffnete mit der vorbereiteten lustigen Pointe zum Land der Frühaufsteher und beglückwünschte alle dazu, noch wach zu sein, immerhin war es 19 Uhr.

»Versteh ich nicht«, sagte der Hotelchef, sonst reagierte niemand.

Oh, das wird schwierig, dachte ich, und wollte eine stimmungsfördernde Vorstellungsrunde anschließen.

»Also ich bin der Herr Ritter. Wie heißen Sie denn?«, fragte ich eine der Frauen.

»Ich bin mit meinen persönlichen Daten vorsichtig«, fauchte sie.

»Na, nu sag's ihm doch!«, half mir eine andere aus.

»Nie in Dreiteufelsnamen!«

Oh, das wird sehr schwierig, dachte ich.

»Sie ist meine Schwester und heißt Gisela«, sagte die andere.

»Halt dein schmutziges Schandmaul!«, keifte Gisela.

»Ich fang dann einfach mal an«, sagte ich.

Im Nachbargarten wurde während des ersten Texts ein Rasenmäher angeschmissen, und so lieferte ich einen sehr engagierten und zunehmend lauten Vortrag. Am Ende sank ich erschöpft zurück in den Stuhl.

»Normalerweise klatschen die Leute nach einem Text«, sagte ich.

»Aha«, sagte Gisela.

Der Hotelchef klatschte einmal, immerhin. Er hatte eine Fliege auf seiner Backe erschlagen.

»Und das soll jetzt zwei Stunden so weitergehen?«, fragte Giselas Schwester.

»Nee, eine vielleicht«, beschwichtigte ich, auch in meinem Interesse.

»Zwei!«, stellte die Tourismusfrau klar. »Wir haben einen Vertrag.«

Während des zweiten Texts begann Gisela, sich recht laut und wiederholt in ein Stofftaschentuch zu schnäuzen. Es schien niemanden zu stören – bis auf ihre Schwester:

»Ist der ganze Schnodder jetzt raus?«

»Sei DU nur ruhig! Bei dir hängt der Schnodder an ganz anderen Stellen, du alte Sch…«

»Ich mach dann einfach mal weiter«, sagte ich. »Ich hab da einen Text über eine glückliche Familie …«

Ich bemerkte, wie der Hotelchef seine Hand zwischen die Beine seiner Bumse gleiten ließ.

Während des dritten Texts sagte eine der Frauen, die bisher gar nicht in Erscheinung getreten war, unvermittelt: »Ich will jetzt nach Hause.« Sie machte keine Anstalten, aufzustehen. Erst da bemerkte ich, dass sie im Rollstuhl saß. Ihre Begleiterin streichelte ihr mitfühlend den Arm und flüsterte: »Wir haben drei Euro Eintritt bezahlt. Wir bleiben bis zum Schluss.«

»Vielleicht machen wir zwischendurch mal eine Fragerunde?«, schlug ich vor.

Es begann zu regnen.

»Raucherpause!«, verkündete der Hotelchef und stand auf. »Wir können in der Wirtschaft weitermachen«, sagte er im Davongehen.

Er hatte während der Lesung bisher fünf Zigaretten geraucht. Ob die Augen der Frau im Rollstuhl deshalb tränten, kann ich nicht genau sagen.

»Na gut, Fragestunde. Ist das die schlimmste Lesung, die Sie jemals hatten?«, fragte ihre Begleitung.

»Nein«, log ich. »Es läuft doch ganz gut.«

»So, das waren jetzt 33 Minuten«, sagte die Tourismusfrau. »Drinnen dann also nochmal 87 Minuten. Eine Pause brauchen wir dann nicht mehr.«

»Doch«, korrigierte ich und meinte die Frage nach der schlimmsten Lesung. Noch wusste ich nicht, dass dies der angenehme Teil war.

Drinnen im Restaurant waren wir noch zu dritt. Der Hotelchef war mit seiner Bumse auf einem Zimmer verschwunden, der Rest hatte sich aus dem Staub gemacht. Übrig waren Giselas Schwester, die Tourismusfrau und ich.

»Wollen wir das nicht abbrechen?«, fragte ich, nachdem ich den dritten Text in die Luft gelesen hatte.

»Sie werden dafür bezahlt! Für zwei Stunden lesen, nicht für weniger«, donnerte die Tourismusfrau.

»Meine Schwester ist eine ganz unangenehme Person«, steuerte Giselas Schwester bei. »Ich erzähl Ihnen mal was über sie, aber verraten Sie's nicht weiter ...«

»Ich lasse die Zeit nur laufen, während Sie lesen. Wenn zwischendurch andere Themen aufkommen oder Sie was sagen, stoppe ich.«

»TSCHULDIGUNG«, rief jemand von hinten. »Ist hier diese pornografische Skandallesung?«

Wir drehten uns um. Ein Mann mit altmodischer Fotokamera um den Hals, der aus allen Poren seines Körpers *Lokaljournalist* schrie.

»Ja«, sagte ich erfreut.

»Nein«, sagte die Tourismusfrau. »Die Lesung ist schon vorbei. Wir diskutieren nur noch drüber. Lief fantastisch. Siebzig Zuschauer. Herrliche Gedichte. Über Liebe. Und Blumen. Und auch lustige Sachen. Über Männer und Frauen und so. Alle haben sich gefreut.«

Der Mann hatte längst den Notizblock gezückt und notierte eifrig mit, was er am nächsten Tag in die Zeitung schreiben würde.

Ich fühlte mich erlöst und machte mit: »Die ganzen Zuschauer mussten jetzt nur alle schon nach Hause, weil sie so früh aufgestanden sind.«

»Versteh ich nicht«, sagte der Journalist.

Vorurteile

Neulich habe ich einen sehr dicken Freund von mir angerufen. Als er nicht ans Telefon ging, dachte ich: Der isst bestimmt grade. Unmittelbar danach hab ich mich sehr dafür geschämt, das gedacht zu haben. Es ist ja nicht so, dass dicke Leute den ganzen Tag lang nur essen. Zwischendurch müssen sie auch trinken, um es runterzuspülen. Und schnaufen und stöhnen, wenn sie Treppen steigen. Manche von ihnen haben sogar einen Beruf. Es ist sehr engstirnig von mir, eine Person nur auf ein einziges Merkmal zu reduzieren, dachte ich. Niemand ist so eindimensional. Dicke schon gar nicht.

Jeder Mensch birgt so viele Facetten in sich. Zum Beispiel lieben Diktatoren ihre Kinder. Angela Merkel soll privat Humor haben, behaupten viele. Und Xavier Naidoo hat sicher schon mal was Intelligentes gedacht.

Deutsche gelten als zuverlässig und vorbildlich. Innerhalb des Landes. Überall sonst gelten sie als egozentrisch und herablassend. Dabei sind sie so vieles mehr. Viele Deutsche wissen zum Beispiel gar nicht, was egozentrisch heißt. *»Und genau deswegen hat das bei uns nix zu suchen! Der Egozentris, der soll mal schön zurück nach Griechenland gehen statt mir hier mein Hartz 4 wegzunehmen, jawoll! Freibier und Crystal Meth für alle!«*

Man könnte auch annehmen, dass ein Schriftsteller, der 13 Semester Germanistik studiert und im zarten Alter von 29 plus x bereits 8 Bücher publiziert hat (ja, ich rede an dieser Stelle von mir selbst), es versteht, vernünftig abzuwägen und zu argumentieren.

Gegenbeispiel:

Ich habe unendlich viele Vorurteile und stehe dazu. Zum Beispiel bin ich fest davon überzeugt, dass Leute, die einen Smart fahren, irgendwas zu verbergen haben. Ein Smart ist das exakte Gegenteil von *auffällig* und das Maximalste an Unterkompensation, das man sich überhaupt vorstellen kann.

»Ich brauch ja eigentlich ein neues Auto, aber – wissen Sie was: Geben Sie mir ein halbes! Für den doppelten Preis. «

Niemand traut Smart-Fahrern irgendetwas zu. Wäre ich Einbrecher oder Bankräuber, würde ich auf jeden Fall einen Smart als Fluchtwagen benutzen. Entweder wird er von Vornherein übersehen, oder die Polizisten sind bei der Kontrolle so erstaunt darüber, dass ein normalgroßer Mensch aussteigt, dass sie den Rest völlig vergessen.

Anderes Beispiel:

Bis vor gar nicht allzu langer Zeit dachte ich, *Leiste* sei ein anderes Wort für *Penis*. Ich hab mich immer sehr darüber gewundert, wie viele Leute Probleme mit ihrer Leiste haben und offen darüber reden; und dass ein Leistenbruch kein seltenes Vorkommnis zu sein scheint und trotzdem so wenig darüber gelacht wird. Sehr verunsichert war ich, als ich mit etwa 12 Jahren hörte, dass meine Tante einen Leistenbruch habe, ich sah sie von da an mit ganz anderen Augen.

Als mir dann kürzlich ein Arzt sagte »Herr Ritter, ich befürchte, Ihre Leiste ist angeknackst«, konnte ich nicht anders, als erst zu kichern wie ein kleines Schulmädchen und ihm dann zu versichern, mit meiner Leiste sei alles in Ordnung, das hätte ich erst vor wenigen Minuten auf der Toilette der Praxis überprüft. Wir redeten eine Weile aneinander vorbei und irgendwann wurde mir klar, dass ich überhaupt nicht hätte zugeben müssen, auf seinem Klo onaniert zu haben, als er mir nämlich auf einem Schaubild des menschlichen Körpers mit einem Zeigestock die Leiste vorführte, wie dereinst mein zauseliger Biologielehrer, der übrigens auch mal ein halbes Jahr lang wegen eines Leistenbruchs keinen Unterricht geben konnte. Ich hatte mich damals schon gewundert, dass niemand außer mir das sonderlich witzig fand. Zu meiner Rechtfertigung muss ich aber anbringen, dass es doch gar nicht so abwegig ist, etwas langes Dünnes, wie eine Leiste, als Synonym für *Penis* zu gebrauchen, grade wenn man bedenkt, dass es unendlich viele Worte gibt, die man als Synonym für *Penis* benutzen kann, zum Beispiel die eben in diesem Text erwähnten: *Zeigestock*, *Spießgeselle* oder auch *mein dicker Freund*.

Als ich meinen sehr dicken Freund dann später ein zweites Mal anrief, entschuldigte er sich dafür, vorher nicht rangegangen zu sein, er war damit beschäftigt gewesen, ein Stück Kuchen zu essen. Wobei festzustellen ist, dass ein kompletter Kuchen auch ein Stück Kuchen ist, wenn man ihn nicht aufschneidet. Ich schämte mich sehr für diesen Gedanken und fragte ihn, was er heute noch vorhabe. In einer halben Stunde habe er eine Verabredung zum Abendessen, sagte er. Dann fragte er mich, ob ich glaube, dass Angela Merkel privat Humor habe. Er hatte das irgendwo gehört und konnte es sich einfach nicht vorstellen. Immer diese Vorurteile!

Briefmarken

Wer hat denn noch Briefmarken im Haus? Grade in der heutigen Zeit! Ich vermute, hauptsächlich diejenigen Leute, die Floskeln wie »grade in der heutigen Zeit« verwenden, die haben noch viele Briefmarken im Haus. Dadurch, dass man die sehr unsinnige Wortkette »grade in der heutigen Zeit« so schön unbedarft aufsagt, was nicht wenige regelmäßig tun, gibt man ja auch immer zu, dass man mit dem Leben in einer gestrigen Zeit, einer einfacheren, unkomplizierteren, gar nicht so unzufrieden wäre, und da waren Briefmarken nun mal wichtiger. Gestern. Deshalb kosten sie ja immer mehr, weil sie von weniger Leuten benutzt werden. Dies alles ging mir durch den Kopf, als ich mich mangels Briefmarken im Haus auf den Weg zu einer Postfiliale machte.

Wer hat denn noch Briefmarken im Haus, dachte ich erst recht, als ich den Briefmarkenautomaten vor der Filiale sah. In Schottland soll es früher Whiskyautomaten gegeben haben, zum selberzapfen, die Flasche musste man drunter halten, oder sich selbst. Gibt es nicht mehr. Wegen der Hygiene, sagt man. Genauso wenig wie Automaten mit Kaugummikugeln. Bei denen definitiv wegen der Hygiene. Es gab früher ja keine beliebtere Mutprobe unter männlichen Kindern unter 12, als seinen Schniedel in das Ausgabefach von Kaugummiautomaten zu stecken – erzählen die Leute. Wahrscheinlich ist das auch der Grund, weshalb wiederum Zigarettenautomaten so hoch hängen, dachte ich, während ich mein Kleingeldfach ergebnislos nach Kleingeld durchwühlte. So hat der Briefmarkenautomat natürlich keinen Sinn, dachte ich, als ich die Filiale betrat, um die Briefmarken notgedrungen am Schalter zu kaufen, wo das Rückgeld, im Gegensatz zum Automaten, höchstwahrscheinlich in Kleingeld und nicht in Briefmarken ausgezahlt würde.

Im gläsernen Eingangsbereich, wo neben zwei Geldautomaten auch eine Plastikpalme die Stimmung aufhellte, wurde ich direkt angesprochen. Ob ich ein Girokonto bei der Postbank hätte und, wenn nicht, vielleicht gleich eines eröffnen wolle, um mir die Wartezeit zu vertreiben, fragte mich ein Junge in zu großem Anzug, der noch unwichtiger aussah als der Stehtisch mit Postbank-Fähnchen, hinter dem er stand. Ich ignorierte ihn und durchschritt die automatische Schiebetür zur Schalterhalle, hinter der ich sofort wieder begrüßt wurde, vom Letzten in der Warteschlange, die bis direkt vor die Tür reichte.

»Na Gott sei Dank«, sagte er, »jetzt haben Sie mich zum Vorletzten gemacht. Es geht voran! Wissen Sie, es ist schon eine feine Sache, dass die bei der Post dieses amerikanische Anstellsystem haben, nicht? Eine einzige Schlange, die sich erst ganz vorne auf die Schalter verteilt. So kann niemand darüber meckern, sich an der langsamen Schlange angestellt zu haben.«

»Oder alle«, entgegnete ich.

»Haha, der ist gut«, sagte er, drehte sich um und erzählte meine Bemerkung der Frau vor ihm.

Der sogenannte *Witz* trug sich unaufhaltsam durch die Schlange, alle 30 Sekunden lachte nun jemand weiter vorne auf – »Da kam grade ein Neuer hinten an, der hat einen rausgelassen, du« –, aber anscheinend verformte sich das Weitergesagte, wie in der mündlichen Überlieferung üblich, mehr und mehr beim Weitererzählen. Zehn Minuten später kam ein recht aufgebrachter Mann zu uns nach hinten und fragte mich: »Warum erzählen Sie hier Witze über Juden?«

Ich versuchte, die Situation richtigzustellen und gab den Wortlaut unserer Unterhaltung wieder: »… und dann hab ich gesagt: Oder alle. Weil dann alle in der langsamen Schlange stehen, verstehen Sie? War auch gar nicht als Witz gemeint eigentlich.«

»Aha«, sagte er. »Komisch. Da vorne bei uns ging der Witz so: Der amerikanische Präsident, ein Taliban und ein Jude stehen in der Warteschlange bei der Post, und so weiter. Am Ende ist dann ein Brunnen vergiftet. Fand ich auch etwas unlogisch, muss ich sagen. Aber nix für ungut, ich geh dann mal wieder zurück.«

Nach etwa 20 weiteren Warteminuten tat sich etwas. Ein Ruck ging durch die Schlange, zum ersten Mal seit meiner Ankunft bewegte sie sich nach vorne. Etwa einen Meter. Eine übel zugerichtete Kleinfamilie mit einem Kind im Maxi-Cosi und einem weiteren an einer Kinderleine kam aus Schalterrichtung müde angeschlurcht. Der Vater wirkte als einziger ein wenig stolz. Er trug das Zalando-Paket, das wohl der Grund ihres Aufenthalts war, unter dem Arm.

»Uns bleibt nur eine Möglichkeit«, sagte er im Vorbeigehen zu seiner Frau. »Du lässt das wieder mit dem halbtags arbeiten. Wenn der Paketbote kommt, musst du zu Hause sein. Ein zweites Mal steh ich das hier nicht durch.«

»Das ist nur vernünftig«, sagte sie, schnappte sich ihr kleineres Kind und legte es sich noch im Hinausgehen an die Brust.

Im Lauf der kommenden Stunde rückte ich von Position *Letzter* auf Position *Zwölftletzter* auf. Von vorne waren sogar noch zwei weitere Kunden wieder zurückgekommen. Ich klammerte mich an die Hoffnung, noch an diesem Tag zum Schalter zu gelangen. Das gab mir Kraft. Ich beschäftigte mich mit den Waren, die auf den Regalen direkt neben der Schlange mir zugewandt standen. Zwei Tesa-Rollen mit Abroller für 5 Euro 89, Luftpolsterumschläge im Fünferpack, gerahmte Deko-Bilder mit Bauarbeitern auf einem Stahlträger, es gab einfach alles. Auch Gruß- und Glückwunschkarten zu allen denkbaren Anlässen. Wenn ich schon vorsorge und mir Briefmarken ins Haus hole, dachte ich, kann es auch nicht schaden, geschmackvolle, goldrandverzierte Geburtstagskarten zum Vierzigsten, Fünfzigsten und Sechzigsten mitzunehmen. Jeder wird mal vierzig, fünfzig oder sechzig. Für den anderen Fall packte ich auch noch zwei Beileidskarten dazu. Je länger ich es betrachtete, desto günstiger wirkte auch das Klebeband für 5 Euro 89. Ich packte es zu den Karten.

Plötzlich klang ein Rauschen aus Richtung Decke und eine Ansage ertönte: »Meine Damen und Herren, es ist Kaffeezeit. Wie wäre es zum Beispiel mit einem Stück Käsekuchen und frisch aufgebrühtem Bohnenkaffee? Unsere Servicemitarbeiter machen sich nun mit der mobilen Snackbar auf den Weg zu Ihnen. Wir wünschen Ihnen weiterhin eine gute Zeit in unserer Warteschlange!« Ich kaufte ein Päckchen Nic Nacs und eine kleine Cola bei der freundlichen Bedienung. Auf ihrem flotten Halstuch prangte ein Posthorn. Sie fragte mich, ob ich außerdem ein Girokonto eröffnen möchte. »Oder vielleicht ein Los der Aktion Mensch?« Ich nahm beides.

Zwei Stunden später glaubte ich, gerade die Mitte der Schlange überschritten zu haben. Ein erlösendes Gefühl machte sich in mir breit. Wie im Flugzeug, wenn man auf den Monitoren die vorberechnete Flugzeit im Auge hat und es plötzlich kürzer zum Ziel- als zum Startflughafen ist, mitten über dem Ozean. Gleich geht es runter, dachte ich und atmete durch. Dann ging das Licht aus.

Dies alles schreibe ich dir, mein lieber Freund, um dir mitzuteilen, dass ich es schließlich doch noch geschafft habe. Wenn du das liest, weißt du: Ich habe die Schlange überwunden. Es mag etwas unpersönlich wirken, da ich diesen Brief zwanzigmal handschriftlich verfasst habe. Ich hatte ein bisschen Zeit dazu, als wir in der Post übernachten mussten. Um halb sechs war ja schließlich Feierabend und wir waren so kurz davor, drangekommen zu sein, dass wir unseren Platz nicht aufgeben wollten. Das Rote Kreuz hat uns mit Decken und Tee die Nacht über warmgehalten, auch die psychologische Betreuung war in Ordnung. Ich habe dann gleich sehr viele Briefmarken mitgenommen, als ich am nächsten Nachmittag dran war, vier Bögen.

Ich bin nun wieder wohlauf und werde mich bald wieder postalisch bei dir melden. Nun muss ich aber erstmal zum Bahnhof, um mir eine Fahrkarte am Schalter zu kaufen.

Pfau aufwärts

Den Satz »Wir brauchen dich ganz dringend hier im Zoo« hört man eher selten – wenn man nicht grade Tierarzt oder Pferdeflüsterer ist. Ich war also eher überrascht, genau diesen Satz von meiner Schwester am Telefon gesagt zu bekommen: »Wir brauchen dich hier ganz dringend im Zoo. Reinwald will, dass du kommst. Er weint die ganze Zeit und sagt deinen Namen.«

Reinwald, das jüngste Mitglied der Kinderherde meiner Schwester, kann jetzt schon etwa vier Worte sagen und eines davon klingt so: »Giskann« – was Christian heißen *könnte*, genauso gut aber auch Gießkanne. Ein anderes Wort, das er kann, ist »Fant«, weshalb meine Schwester ständig mit ihm zu den Elefanten im Zoo rennt. Genauso gut könnte er sie darauf hinweisen wollen, öfter mal die Pfandflaschen wegzubringen, die in seiner Krabbelhöhe im ganzen Haus herumstehen. Aber wer weiß das schon.

»Ich kann jetzt nicht in den Zoo kommen. Ich bin im Home Office«, sagte ich.

Andere nennen es auch: Im Bademantel auf dem Sofa herumliegen, Gummibärchen essen, *Panda, Gorilla & Co.* schauen und alle zwei Stunden eine E-Mail beantworten. Ich nenne es: Home Office. Als selbständiger Schriftsteller hat man ja den Vor- und Nachteil, niemanden zu haben, der einem sagt, was man gerade tun soll. Man kann sich zwar selbst zur Sau machen und anschließend wieder aufbauen, aber so von außen betrachtet wirken diese *Arbeitsgespräche* vielleicht ein wenig peinlich …

»Wie sieht es denn hier aus? Warum liegen alte Socken und zwei leere Weinflaschen auf meinem Schreibtisch? Was war denn da los heute Nacht? Ich weiß es ganz genau: ICH war das doch. Jetzt räum ich das mal schön weg! Was sind denn das jetzt wieder für Flecken?«

Wer soll einem denn auch Selbstdisziplin beibringen, außer man selbst? Sicherlich nicht die Tierpfleger im Fernsehen, die man den ganzen Tag anschaut. Nach *Panda, Gorilla & Co.* läuft immerhin *Leopard, Seebär & Co.* Da kommt man nicht so leicht weg. Die Folgen sind, der grade sehr angesagten horizontalen Erzählweise folgend, nicht abgeschlossen, alles wird weitergehen, es gibt Cliffhanger …

- *Wird der Austausch des Wassers im Otterbecken abgeschlossen sein, bevor Feierabend ist?*
- *Wann kalbt die Elefantenkuh? Es kann jeden Tag so weit sein. Oder nächste Woche.*
- *Auf welcher Hierarchiestufe ordnet sich der neue Jungwolf aus Saarbrücken ins Rudel ein?*

»Ich kann jetzt echt nicht in den Zoo kommen«, wiederholte ich, während ich einem Tierpfleger dabei zusah, wie er ein Kamel kämmt. – *Was wird er alles im Fell finden? Den seit gestern vermissten Kolibri?*

»Ach komm«, sagte meine Schwester. »Wenn du kommst, kauf ich dieses Jahr alle Weihnachtsgeschenke und du kannst dich einfach beteiligen … Wie jedes Jahr.«

Während im Fernsehen mit dem Wasseraustausch im Otterbecken begonnen wurde, suchte ich eine Zugverbindung heraus. Eine Stunde später war ich im Zoo.

Reinwald interessierte sich überhaupt nicht für mich, sagte aber »Giskann«. Die drei größeren Kinder hatten eine eigenartige Faszination für die Bergziegen entwickelt und beachteten mich genauso wenig.

»Ihr wisst schon, dass Bergziegen sehr, sehr langweilige Tiere sind?«, sagte ich nach etwa zwanzig Minuten. »Die stehen da nur rum, kauen auf irgendwas und steigen entschieden zu wenig Berg. Dafür hab ich keine 17 Euro Eintritt gezahlt. Die Anordnung der Tiere im Zoo ist eine Kunstform für sich. Langweilige Tiere wechseln sich mit spektakulären Tieren ab, wusstet ihr das? Und weil nach den Bergziegen die Gazellen kommen, die auch sehr langweilig sind, wenn sie nicht grade von einem Löwen gejagt werden, muss da hinten um die Ecke was Gutes stehen. Pfau aufwärts. Vielleicht auch schon das Krokodil.«

»Giskann«, bestätigte Reinwald.

»Warum gibt es kein Gehege für Menschen?«, fragte das größte Kind. Ich hatte schon immer Probleme damit, mir seinen Namen zu merken.

»Das ist nicht mehr so in Mode«, sagte ich. »Aber eine sehr gute Frage, großes Kind, ich erklär dir mal, wie das wäre, wenn man Menschen im Zoo ausstellen würde.

Im ersten Gehege, da wären ganz, ganz langweilige Menschen. Sparkassenangestellte zum Beispiel. Aber weil sie trotzdem angeschaut und bewundert werden wollen, sagen sie alle so Sachen wie: ›Ich bin ja nicht so der typische Sparkassenangestellte. In meiner Freizeit mach ich auch ganz verrückte Sachen. Ich spiele Squash.‹

Im nächsten Gehege kann man 40-Jährige dabei bestaunen, wie sie von früh bis spät eine 90er-Party feiern, ironisch zu DJ Bobo und *Barbie Girl* tanzen, sich dabei fotografieren und die Bilder später unter den Hashtags #geil und #90igerParty posten.

Im Nachbargehege sitzen dreißig Politiker in einem ordentlichen Stuhlkreis in einer Endlos-Talkshow, trinken schweren Rotwein und brüllen durcheinander: ›Unterbrechen Sie mich nicht ständig! Sie durften vorhin auch ausreden‹ hört man. ›Das habe ich so nie gesagt. zitieren Sie richtig!‹ hört man. Und ganz deutlich zwischen allem: ›Wollen wir mal nicht persönlich werden, Sie grüne, liberale Fotze!‹

Nebenan sind die Schweizer zu besichtigen, die nichts tun, außer sich ganz normal in ihrer Geheimsprache zu unterhalten. Kehlige Laute klingen aus dem Gehege, die deutschen Zuschauer verfolgen die Gespräche fasziniert, kapieren kein Wort und rätseln über das Gesagte: ›Ich glaube, sie reden über Huren, dass Huren geil sind. Das sagen sogar die Frauen. Ich glaube, diese Leute sind etwas übersexualisiert.‹

Im nächsten Gehege ist das sogenannten *Volk* untergebracht. Da ist ganz viel Platz, weil sie, obwohl sie ständig ›Wir sind das Volk, wir sind das Volk‹ schreien, ganz viel weniger sind, als sie glauben. Sogar im Gehege nebenan sind viel, viel mehr, da wohnen alle die, die sich in den 90ern über dem Arsch haben tätowieren lassen und sich jetzt dafür schämen. Man glaubt gar nicht, wie viele das sind!

Und dann gibt es noch ein Gehege mit Drag Queens, und eines mit religiösen Fundamentalisten, und eines mit Leuten, die ganz komische Kleider anhaben, weil sie das Mittelalter nachspielen. Und eines mit ganz verwirrten Menschen, die in Alufolie eingewickelte Nudelsiebe auf dem Kopf tragen, um sich damit gegen die Chemikalien zu schützen, die die geheime Juden-Weltregierung aus Flugzeugen versprühen und ins Trinkwasser mischen lässt. Und eines mit Leuten, die Zumba tanzen, und eines mit Leuten, die immer auf Lautsprecher telefonieren, egal, wo sie herumlaufen, und eines mit …«

»Giskann«, unterbrach Reinwald und rannte auf einen Tierpfleger zu, der eine Gießkanne in der Hand hatte. Somit war auch dieses Mysterium gelöst.

»Aber so wie du das erzählt hast, müssen Menschen doch gar nicht in den Zoo«, sagte das große Kind. »Weil die ja alle schon so sind, wenn sie frei herumlaufen.«

»Richtig, großes Kind. Und dafür müssen wir nicht mal 17 Euro Eintritt zahlen.«

Vorwort

Berlin, im November 2016

Liebe Leserin,

es ist ja wohl klar, dass bedeutend mehr Frauen als Männer dies hier lesen, da einfach bedeutend mehr Frauen als Männer überhaupt lesen, daher verwende ich das generische Femininum. Alle anderen Leserinnen dürfen sich aber ebenso angesprochen und integriert fühlen. Lasst uns zusammen stehen! Auch in der Frage, weshalb das Vorwort eigentlich nicht am Anfang des Buchs steht. Nun, da bin ich der Tradition verhaftet, die ich einst in meinem letzten Textsammelsurium *Geschlechtsverkehr: Eine Einführung* begründet habe. Was einmal gut gegangen ist, soll man bekanntlich nicht ändern. Siehe das US-amerikanische Wahlsystem. Und schon stehen wir an dem Punkt, der bereits historisch erscheinen wird, wenn du, liebe Leserin, diese Zeilen erblickst: Was zur Zeit los ist. Donald Trump wurde gestern zum zukünftigen Präsidenten der sogenannten freien Welt gewählt. Vor Kurzem waren noch Horrorclowns aktuell, über die redet aber keiner mehr, seit der neue da ist. Und die Frage, ob das Kleid nun blau-schwarz oder weiß-gold ist, beschäftigt die Menschheit noch immer nachhaltig.

Richtig erkannt, die Sache mit dem Kleid ist natürlich viel länger her. Gut aufgepasst. Aber fließt in der Betrachtung des Vergangenen nicht alles irgendwie ineinander und man fragt sich gelegentlich »War unser toller Pärchenurlaub mit Irene und Manuel auf Ibiza nun 1978 oder 2013?« und »Was habe ich eigentlich zwölf Jahre lang in Bamberg gemacht außer Schinkenbier getrunken?« Grundsätzlich ist die Antwort meist: Wen interessiert das?

Nun, liebe Leserin, möchte ich persönlich werden. Manchmal frage ich mich, was ich hier eigentlich tue. Es ist jetzt nachts um 4, draußen friert Berlin an sich selbst fest, ich blicke hinab auf warmgelbe Straßenbeleuchtung und sehe die Übriggebliebenen gegenüber in der Bar Tischtennis spielen. Vorhin hat's beim Rundlauf wieder einen gegen die Wand gebrezelt und ein Krankenwagen musste anrücken. Gefährlich Zeiten. Ich schreibe an dem Vorwort für ein Buch, von dem ich ganz vergessen hatte, dass ich es schreiben soll. Man hat ja immer so viel zu tun. Da schon Lesungstermine feststehen, musste flott ein Titel her, also habe ich mir binnen Sekunden ein paar ausgedacht und auf Facebook abstimmen lassen. *Die korrekte Anordnung der Tiere im Zoo* gewann mit 50,3 Prozent vor der Option *Die Titel sind alle scheiße* mit 20,75 Prozent. So sei und so ist es. Warum auch nicht? Die Marketingabteilung eines Großverlags wäre zum selben Ergebnis gekommen. Viel drängender ist das Problem, dass das Buch noch gar nicht fertig ist. Ich habe alle Texte, die infrage kommen, mit Edding an die Wand geschrieben und die Zählung ergab, dass noch etwa zwanzig Seiten fehlen. Und schon haben wir eine weitere Erklärung für dies Vorwort.

Unter uns: Ich kann hier schreiben, was ich will, das liest sowieso keiner gegen. Mein Verleger sagt immer, er habe Wichtigeres zu tun. Was das auch immer sein mag. Ich vermute, er macht wieder einen Ausflug mit Andy Strauß im Wohnwagen.

Kommen wir aber mal zum Eigentlichen, nämlich zu dem, was das alles soll. In diesem Buch sind allerlei Texte versammelt, deren einziger gemeinsamer Nenner ist, dass ich sie geschrieben habe. Sie stehen ansonsten in keinerlei Zusammenhang. Ausnahmen bestätigen natürlich die Regel. Wiederkehrendes Personal wie *meine Mutter*, *meine*

Schwester oder *Reinwald* sind rein fiktiv, es handelt sich um nicht existente, literarische Figuren! Soll ich sagen. Hätten wir das auch geklärt. Die Teenagermädchen in Köln dagegen habe ich wirklich belauscht. Etwas zu intensiv sogar. Ich sah sie aus dem Primark am Neumarkt herauspoltern und folgte ihnen – ihren wirren Aussagen konzentriert lauschend und sie notierend – so lange, bis sie mir auf der Domplatte mit Polizei und Pfefferspray drohten. Ich will mich ja nicht selbst loben, aber: Das nenne ich Engagement in der Recherche! Man wird als Autor ja gerne gefragt, wie man auf seine Ideen käme. So.

Reykjavík, im Januar 2017

Liebe Leserin,

nun ist etwas Zeit ins Land gegangen und ich habe es verlassen. Wie üblich befinde ich mich im Exil auf Island, um das Buch dann doch noch rechtzeitig fertigzubekommen. Das ist aber auch wirklich nicht leicht. In Berlin kommt man ja zu nichts. Immer nur Currywurst und sich mit wildfremden Leuten zum Chai Latte treffen, um über irgendwelche Projekte zu reden, aus denen dann nie was wird. Neulich war ich beim Bäcker und eine ganze Schulklasse stürmte den Laden, um sich mit irgendeiner Frau zu fotografieren, die vor mir Brötchen kaufte. Es stellte sich heraus, dass sie Star bei *Berlin Tag und Nacht* ist. Sachen gibt's. Aus Verlegenheit habe ich dann auch nach einem Selfie mit ihr verlangt.

Na jedenfalls, in Reykjavík ist grade wenig los, weil Winter. Ich werde öfter für einen Isländer gehalten, wohl wegen meines nordischen Teints, und da ich so locker und selbstbewusst durch das Geschnei hindurch durch die Straßen schlendere, als täte ich es seit Jahren. Dabei ist es drei Jahre her, dass ich das letzte Mal hier war. Gestern fing eine asiatische Frau schon aus zwanzig Metern Distanz an, mich nach dem Weg zu fragen, als wir uns aufeinander zubewegten. Sie sagte wortwörtlich: »Excuse me, sorry, Mister Iceland man, where is the harbor?« Ich sagte »There« und deutete hinter mich, weil wir direkt vor dem Hafen standen. Da war ich kurz stolz und dachte in der Folge über ein Geschäftsmodell nach: »You search for the harbor? I know where it is.« Einfache Auskunft 30 Euro, was hier in etwa dem Preis eines Glases Bieres entspricht.

Das Buch ist jetzt fertig, hurra, und um auch die weltweite Entwicklung weiter wiederzugeben: Morgen ist die Amtseinführung von Trump. Das kann ja was werden. Da ich kein politischer Kabarettist bin, werde ich dazu keine kritische Einordnung geben, und außerdem weißt du, liebe Leserin, ja mittlerweile viel mehr darüber, wie schlimm das alles geworden ist. Mutmaßlich. Ich bin nur eine Stimme aus der Vergangenheit. Was weiß ich schon?

Ich sitze in einer tiefergelegten Bar, in der die meisten Schach spielen und E-Zigaretten rauchen, es läuft psychedelische Musik mit Kirchenglocken. Durch die Fenster sieht man Beine vorbeilaufen und nach deutscher Zeit ist es 1 Uhr nachts. Ich sollte mal schnell mit diesem Vorwort fertig werden, denn ein paar Bars weiter warten wildfremde Menschen auf mich, die mit mir über Projekte sprechen wollen. Wo soll das alles nur hinführen?

Gestern im Dampfbad kam mir der entscheidende Einfall für die Anordnung der Geschichten in diesem Buch. Das Ergebnis liegt dir, liebe Leserin, vor. Ich habe mir den Aufbau eines klassischen Bühnenprogramms zum Vorbild genommen. Ein Hauptteil, der einem viel zu kurz erscheint, anschließend – die Applausstürme und Zugabe-Rufe vorausgenommen – eine Zugabe, die sich ziemlich in die Länge zieht, bis man schließlich froh darüber ist, dass es vorbei ist, man den Fernseher anschalten und eine Folge Bob Ross von 1991 schauen kann. Meine Zugabe ist der letzte Teil des Buchs (das ist ziemlich logisch) unter dem Zusatztitel *Die geheimnisvollsten Orte aller geheimnisvollen Orte*. Bei der Titelabstimmung landete dieser Titel weit hinten, aber ich mag ihn trotzdem, deshalb wird er hier einfach untergeschoben. Das wird wirklich geheimnisvoll später, und es wird um Orte gehen. Man kann gespannt sein. Ich bin mit dem Gesamtergebnis jedenfalls ziemlich zufrieden.

Als nächstes muss ich jetzt wieder einen Roman schreiben, für meinen Wikipedia-Eintrag. Damit die Leute später denken: ›Ach, der war aber fleißig, und so viele Romane hat er geschrieben.‹ Ja, so denkt man in der Schriftstellerbranche. Wenn ich mich jetzt mal stellvertretend für die Branche nehme. The Branche will not be amused.

Die nächste spannende Sache für mich ist dann ein Stand-up-Comedy-Auftritt hier in Reykjavík in ein paar Tagen. Ich werde unter anderem über meine Hafen-Wegweiser-Business-Idee (siehe oben) reden. Wird sicherlich in die Geschichte eingehen. Aber das ist ja alles schon lange her.

Nun wünsche ich erst einmal enormes Plaisir bei der Lektüre des restlichen Buches, liebe Leserin. Ich muss weg.

Unartig

»Hallo, ich brauche einen neuen Personalausweis«, sage ich und nehme auf dem abgewetzten, grünen Polster des Antragstellerstuhls Platz. Wir befinden uns in einem Rathaus irgendwo im Norden Bayerns.

Die Frau hinter dem Schreibtisch sagt »Ja« und klickt eine Minute mit Blick auf ihren Bildschirm auf ihrer Maus herum. Dann druckt sie etwas aus und legt es hinter sich.

»Also«, sagt sie. »Achtundzwanzigachtzig, biometrisches Passbild. Dabei? … Gut. Ihr Geburtsdatum … Name … da haben wir Sie … Was ist mit Ihrem aktuellen Ausweis passiert?«

»Gestohlen.«

»Sicher?«

»Ja. Taschendiebstahl. In Berlin.«

Sie sieht mich mütterlich an und schüttelt kaum merklich den Kopf.

»Na ja, da muss man sich nicht wundern«, sagt sie.

Sie verharrt mit einem Gesichtsausdruck, der bäuerliche Lebensklugheit und einen Hauch Verachtung abstrahlt. Ich überlege, was sie wohl meint. Worüber man sich nicht wundern muss. Und ob sie vorhat, irgendwann weiterzureden. Eines ihrer Augenlider zuckt ein bisschen. Das linke. Vielleicht hat sie zu viel Kaffee getrunken heute. Zu viel Stress, ich kann das verstehen. Immer diese Leute, die irgendwas von ihr wollen, den ganzen Tag lang, vor der Mittagspause, nach der Mittagspause, es nimmt kein Ende. Da richtet man sich seine Bürozelle so schick heimelig ein, stellt eine Topfpflanze ans Fenster, rahmt Bilder der Katze fürs Regal-Topping und sitzt bequem auf einem rückenschonendem Drehstuhl. Es könnte so angenehm sein, wenn nicht ständig diese Bürger mit ihren Problemchen hereinschneien würden. Die Redepause dauert schon sehr lange. Ist sie eingefroren? Vielleicht sollte ich irgendwas sagen.

»Warum muss man sich da nicht wundern?«

Sie erwacht schockartig aus ihrer Starre.

»Na, wenn man spätnachts in Berlin unterwegs ist, Warschauer Brücke, Kottbusser Tor, die Chancen, da unversehrt, unvergewaltigt und mit allen Habseligkeiten davon zu kommen, sind sehr gering. Da sind wir uns ja wohl einig.«

»Ich glaube, Sie übertreiben ein bisschen.«

»Ich weiß, wovon ich rede. Wenn ich in Berlin unterwegs bin, trage ich immer einen Brustbeutel.«

Nichts hätte mich weniger überrascht.

»Aha. Wie oft waren Sie da schon?«

»Einmal. Sehr schöner Busausflug zu Ostern 2010. Wir haben alles gesehen, was man sehen muss.«

Ich stelle mir vor, wie sie und die fränkische Touristengruppe sich durch Berlin führen lassen wie durch eine andere Welt, wie sie die Monumentalität der Gebäude bestaunen, »da sitzen sie, die Diplomaten in ihren Palästen«, ein gemeinsames Bild am Brandenburger Tor, eine Spree-Rundfahrt, Reichstagskuppel, Checkpoint Charlie, belegte Brötchen vom Reiseveranstalter, einem in Oberfranken verwurzelten Busunternehmen. An einem Mauerüberbleibsel leichte Wehmut und ein leises Tuscheln: »Na ja, bevor die rübergekommen sind, ging's uns ja auch noch besser«, zum Abschluss die Krönung einer jeden Touristenpflicht: ein heiteres Selfie inmitten der Stelen des Denkmals für die ermordeten Juden Europas.

Sie fragt mich zurück ins Jetzt: »Sind Sie noch 1,76 groß?«

»Äääh, ich denk schon.«

»Sollen wir nachmessen?«

»Nein.«

»Augenfarbe blau?«

»Ja, stimmt auch noch.«

»Wollen Sie bei Ihrem neuen Ausweis Ihre Fingerabdrücke mit abspeichern? Die Option ist neu.«

»Was bringt mir das?«

»Noch überhaupt nichts. Aber in zehn Jahren kann das relevant werden.«

»Nee, dann lieber nicht.«

»Sicher?«

»Ja.«

Sie klickt mit Blick auf ihren Bildschirm auf ihrer Maus herum, druckt etwas aus und legt es hinter sich. Ich sehe mich um.

In ihrer Arbeitsbox hängt ein sogenannter *lustiger Spruch* an der Wand. Nicht mal als Schild oder Postkarte, er ist ausgedruckt in Times New Roman, gefettet, steht quer auf einem DIN-A-4-Blatt in gelochter Folie. Zu lesen ist:

Ich bin artig.
Manchmal unartig, manchmal bösartig,
manchmal eigenartig.
Aber immer einzigartig.

Ich kotze über ihren Schreibtisch. In Gedanken. Was sie wohl unter *unartig* versteht? Ich stelle mir vor, wie sie damals, '98, mit hochrotem Kopf drei Minuten zu spät zur BWL-Vorlesung erschienen ist, sich schämte für ihre Unorganisiertheit und wegen der mahnenden Blicke, sich aber nach einer Woche des Nachgrübelns dagegen entschied, dem Professor einen Marmorkuchen als Entschuldigung zu backen und sich stattdessen dachte: ›Na ja, andererseits, das war schon verrückt, alle sitzen schon drin und ich komm einfach zu spät.

Was die wohl alle gedacht haben über mich? Da war ich ganz schön unartig. Hm.‹

Den Kuchen hat sie dann am nächsten Tag trotzdem gebacken. Das Gewissen.

»Haben Sie Ihre elektronische Ausweisfunktion eigentlich schon gesperrt?«

»Was? Nee.«

»Warum nicht?«

»Weil ich nicht wusste, dass ich die habe.«

Sie stöhnt: »Da kann der Dieb jetzt einiges mit anstellen.«

»Was denn?«

»Im Internet Kredite aufnehmen zum Beispiel.«

»Ach. Das geht so einfach?«

»Na ja, man braucht eigentlich PIN und PUK dazu, aber da gibt es Mittel und Wege. In Rumänien ist das bekannt.«

»Aha.«

Eine seltsame Aussage. In Rumänien ist sicherlich viel bekannt. Es gibt nur wenige Dinge, die in Deutschland bekannter sind als in Rumänien. Peter Maffay zum Beispiel. Obwohl der Rumäne ist.

»Gut, dann alles zurück auf Anfang. Erstmal müssen wir Ihren elektronischen Ausweis sperren.«

Sie sagt »wir«, als ob ich ihr dabei helfen könnte. Sie klickt und klickt. Dann druckt sie etwas aus und legt es hinter sich. Ich überlege, wie nochmal das Lied hieß, mit dem Peter Maffay berühmt geworden ist. *Du.*

»Sie haben die elektronische Ausweisfunktion selbst beantragt«, schließt sie an. »Das ist noch gar nicht so lange her. Erst drei Jahre. Wie können Sie das schon wieder vergessen haben?«

»Hm, da war ich wohl ein bisschen unartig«, sage ich und weise mit meinem Kopf auf ihren lustigen Wandspruch. »Haha.«

Sie atmet deutlich hörbar durch die Nase aus, druckt etwas aus und legt es hinter sich. Ich habe das Gefühl, sie schon sehr lange zu kennen. Vielleicht sind wir doch ein Team, wir beide. Verschworen gegen die Unwirren der Bürokratie, kämpfen wir Seit an Seit um mein neues Ausweisdokument. Wir müssen einfach nur alles geben, unser beider Kompetenzen in die Waagschale werfen, so gelangen wir gemeinsam zum Ziel: Ein Sambuca nach Feierabend! Mit Kaffeebohnen, aber nicht angezündet, denn das wäre etwas unartig. Nach dem Sambuca setzen wir einen Ehevertrag auf und kaufen eine Wohnung in Spandau, um sie zu vermieten. Ja, das wäre so richtig verlässlich! Sie versinkt wieder in ihrem Bildschirm. Vielleicht sind wir doch nicht füreinander bestimmt. Vielleicht arbeitet sie sogar gegen mich. Sie sieht grade sämtliche Informationen, die es über mich zu wissen gibt. Das kann man ja sicher ausgleichen. Wozu gibt es Namensschilder? Ich zücke mein Telefon und googele sie ordentlich durch. Ihr Facebook-Profil ist nicht gut geschützt, alle Bilder sind öffentlich. Zurück im Jahr 2010 finde ich ein heiteres Selfie vom Osterausflug, aus dem Denkmal für die ermordeten Juden Europas. »Wow, das ist alles so beeindruckend hier in Berlin«, steht darunter. »Aber immer auf die Wertgegenstände achten. Ich trage heute meinen Brustbeutel.« Zwei Likes, kein Kommentar. Nein, ich glaube, es wird doch nichts mit uns.

»Schöner Brustbeutel«, sage ich.

»Ich brauche jetzt noch 20 Unterschriften von Ihnen«, sagt sie, als hätte sie mich gar nicht gehört.

Lalodamu!

Und wieder kommt kein Wasser. Bei diesen Duschen muss man alle drei Sekunden auf den Knopf drücken, um einen konstanten Wasserfluss annähernd herstellen zu können. Wie bei einem Pumpbrunnen. Nur dass der Schwall beim Brunnen doch eher heftig ausfällt, wenn man eine Weile gepumpt hat. Die Dusche geizt sogar mit dem Wasser, das sie gelegentlich abzugeben bereit ist. Für je drei Sekunden. Ein selbsttätiger Abschuss mit einer Wasserspritzpistole hätte mehr Wirkung. Nach dem Duschgang muss man mit einer Lamelle am Stock die Kabine reinigen, damit der nächste Dreckige das Wellness-Programm voll auskosten kann. Sein eigenes Klopapier muss man auch mitbringen. Das ist Urlaub!

Vor dem Dusch- und Klohaus sind die Spülbecken. Zwei schwäbische Hausfrauen schrubben ihr Geschirr und reden über Böblingen. Wo man dort besonders gut essen gehen kann.

»Sauber und gmütlich isch es bei dem«, sagt die eine. Daneben steht der Mann der anderen, an den Waschtisch gelehnt, in kurzer Hose mit Gürtel und hellgrünen Crocs an den Füßen. Die Arme hat er verschränkt und die Augen geschlossen. Er lässt seinen Bauch besonnen und sieht dabei besonnen aus. Sehr sauber und gemütlich auch. Vor dem Klohäuschen in der Sonne stehen und der Frau beim Spültratsch lauschen. Das ist Urlaub!

Auf Parzelle 24 wohnen die Duisburger, sie liegen in ihren Liegestühlen, lesen in der *Bild*-Zeitung und einem Ken Follett und grüßen mich. Ich nicke freundlich zurück.

Auf Parzelle 26 wohnen die Potsdamer, sie sitzen an ihrem Plastiktisch, spielen Scrabble und grüßen mich. Ich nicke freundlich zurück.

Auf Parzelle 134 sitzen die Kinder der Straubinger. Sie spielen *Wer zuerst blinzelt* – wahrscheinlich. Sie sitzen sich still und steif gegenüber und schauen sich in die weit aufgerissenen Augen. Entweder spielen sie das Blinzelspiel oder sie sind ein bisschen behindert, auch möglich. Für ernsthafte Meditation sind sie jedenfalls zu jung.

Auf Parzelle 130 ist großes Hallo. Ich glaube ja, dass diese Redewendung, *großes Hallo*, ihren Ursprung auf Campingplätzen hat. Wenn Neuankömmlinge eintreffen, ist *großes Hallo*. Sie bringen Staugeschichten und gute Laune mit, die wahre

Urlaubseuphorie der ersten Tage. Die Pflicht und die Neugier treibt die Nachbarn zum neuen Wohnmobil und man bietet seine Hilfe an, egal wobei. Man verleiht auch gern freimütig Dinge, die dem anderen nützlich sein könnten. Die Betonung liegt auf *könnten*.

»Wenn du die Tage mal einen 13er-Schlüssel brauchst, kein Problem, ich lass dir meinen gleich da.« So hat man wenigstens einen Anlass, sich bald wieder zu treffen. Denn zurückgegeben wird alles, Verlässlichkeit ist oberstes Campergebot.

Es wird viel gelacht beim großen Hallo, über Dinge, über die kein normaler Mensch je lachen würde. Darüber, dass man an der Mautstelle auch eine Stunde warten musste, zum Beispiel, oder darüber, ein Wohnmobil vom gleichen Hersteller zu haben. Da wird gelacht. Wirklich.

»Auch ein Hymer?«

»Ja, auch ein Hymer! Habt ihr auch einen Hymer?«

»Wir haben auch einen Hymer! HAHAHA!«

»HAHAHA! Den musst du mir mal zeigen, du!«

»HAHAHA, du bist mir einer!«

»HIHIHOHOHO!!!«

Und geduzt wird sich leidenschaftlich; sehr, sehr leidenschaftlich.

Ich nicke Parzelle 130 mit seinen neuen Aufstehenden und eingelebten Umstehenden freundlich zu und gehe weiter.

Auf Parzelle 46 wohnen die Saarbrücker. Sie sind nicht da. Ich werde früh genug erfahren, wo sie den Tag verbracht haben. Sie reden gern. Jeder redet hier gern. Damit eben geredet wird. Damit man den Nachbarn zu Hause erzählen kann, wie die Urlaubsnachbarn so waren.

Auf Parzelle 114 wohnen die Heidelberger. Sie rupfen Salat und hören Heidelberger Lokalradio über Weltempfänger. Sie bemerken mich nicht. Ich nicke ihnen trotzdem freundlich zu.

Auf Parzelle 58 wohnen wir. Dreißig Quadratmeter verdorrter Rasen an der französischen Atlantikküste, mitten unter Deutschen. Das ist Urlaub!

Onkel Mike hat wieder seine Hose ausgezogen. Er meint, außer mir habe ihn noch niemand ermahnt deswegen. Das sei zwar kein FKK-Campingplatz, aber das müsse nicht zwangsläufig heißen, dass es verboten sei, nackt herumzulaufen.

»Man darf sich ja schließlich auch auf einen Schwerbehindertenplatz in der Bahn setzen, solange man wieder aufsteht, wenn wirklich mal ein Schwerbehinderter kommt.«

Das ist sein Argument für und gegen so ziemlich alles, manchmal passt der Vergleich sogar.

»Sobald sich irgendeiner von Rang beschwert, zieh ich mir wieder nen Schlüpper an, keine Sorge«, sagt er aus seinem Klappstuhl heraus. Ich bin niemand von Rang, ich bin nur zu Gast.

Onkel Mike wohnt hier, so richtig, in diesem Sommer hat er Parzelle 58 für zwei Monate gemietet. Er lässt sich auch gern besuchen. »Wenn du mal in der Gegend bist, komm vorbei«, hat er im April auf der Geburtstagsfeier von Tante Margit gesagt. Mit Blick auf meinen Kalender habe ich festgestellt, tatsächlich zur passenden Zeit in der Gegend zu sein – in der weitläufigen Gegend. Aber von zu Hause aus betrachtet ist so ein fünfstündiger Trip in der französischen Regio-Bahn ab Paris Gare de l'Est, dann Bus ab Rouen, keine große Sache. Und Onkel Mike wird sich sicher freuen, dachte ich. Hat er auch.

Die Sache ist nur, dass ich so gar keine Campingerfahrung habe und mit meinem Reiserollkoffer und sonst nichts angereist bin, in der Erwartung, es würde schon alles vor Ort sein, was man zum Leben braucht. In einem Hotelzimmer ist das schließlich so, und ich verkehre nun mal hauptsächlich in Hotelzimmern, oder meiner Wohnung. Die ist fast so gut ausgestattet wie ein durchschnittliches Hotelzimmer. An einen Schlafsack hatte ich nicht gedacht, genauso wenig an alles andere, was man wohl dringend zum Campen braucht, eine Taschenlampe etwa, oder ein Zelt. Onkel Mike ist einer von der altmodischen Sorte. Er hat kein Wohnmobil von Hymer, nicht mal eines von Dethleffs, nicht mal einen Retro-Wohnwagen. Er reist mit Mitsubishi und Iglu-Zelt. Dementsprechend euphorisch fiel vorgestern die Begrüßung aus.

»Da ist er ja!«

»Ja, da bin ich.«

»Da bist du also. Wo ist dein Kram?«

»Im Koffer.«

»In den Koffer passt ein Zelt?«

»Ein Zelt?«

»Wir trinken erstmal einen Schnaps.«

Die erste Nacht mussten wir zu dritt in seinem Iglu-Zelt verbringen. Onkel Mike ist nämlich vor allem so lange hier, weil er eine Freundin in der Gegend hat, Carla. Ich weiß nicht, wie die beiden zueinander gefunden haben und habe mich noch nicht getraut, zu fragen. Carla ist neben den Betreibern die einzige auf dem Campingplatz, die Französisch spricht. Weil sie Französin ist. Und abenteuerlustig ist sie auch, wie wir in der Nacht zu dritt im Zelt festgestellt haben. Sie hat es am nächsten Morgen auf den Wein geschoben, dass sie zwischenzeitlich nicht mehr genau wusste, an welchen Deutschen sie sich in der Dunkelheit kuschelt. Wir hätten sie einfach nicht in der Mitte liegen lassen sollen, aber hinterher ist man immer schlauer.

Die Verwechslungsgefahr zwischen Onkel Mike und mir ist eigentlich sehr gering. Ich sehe, in aller Bescheidenheit, dem jungen Sascha Hehn sehr ähnlich. Das wird mir oft von älteren Damen gesagt. Onkel Mike dagegen sieht aus wie der alte Iggy Pop. Da Iggy Pop erstaunlicherweise noch immer lebt, sieht Onkel Mike also so aus wie Iggy

Pop zur Zeit aussieht. Falls man Iggy Pop nicht kennt: Der sieht aus wie Hulk Hogan, wenn man die Luft rauslässt. Oder wie Ruth Maria Kubitschek. Runzliges Gesicht mit dünnen, blonden, langen Haaren, Alter irgendwas zwischen 50 und 80, das ist Onkel Mike. Carla ist relativ deutlich Ende dreißig und offensichtlich nicht so glücklich damit, weil sie sich kleidet wie ein Teenager. Sie trägt gerne Basecaps und bunte Armbändchen aus Plastik. Die beiden passen überhaupt nicht zusammen. Aber mit mir passt Carla noch viel weniger zusammen. Und Eifersüchteleien will im Urlaub niemand. Also einigten wir uns im Interesse aller (Carla wurde nicht gefragt) dann recht schnell darauf, mir ein eigenes Zelt zu kaufen. Ein blaues. Eher spitz als Iglu. Mehr kann ich dazu nicht beitragen, ein Zelt eben, in Zeltform. Mit genug Platz für meinen Koffer und mich. Onkel Mike hat es mit meiner tatkräftigen Hilfe (Heringe anreichen) aufgebaut und die erste Nacht darin war gar nicht so übel. Jetzt befinden wir uns am Morgen danach. Die Nachbarn auf Parzelle 105 hissen wie jeden Morgen die Flagge, weiß-rot gezackt, sie sind aus Franken, und sehr stolz darauf. Bei ihnen gibt es jeden Abend Nürnberger Rostbratwürste, zweihundert ungefähr. Sie teilen gern. Man ist ja eine große Familie hier in der Fremde. Dafür ist man schließlich da. Um sich mit Fremden zusammen zu Hause zu fühlen und deutsch zu reden. Deutsch im weitesten Sinne. Zwischen den gerollten Rs der Nachbarfranken fällt es mir manchmal schwer, die Worte herauszuhören. Wenn alle vier durcheinander reden, könnte man auch meinen, dass jemand verzweifelt versucht, ein Moped anzutreten. *Rrrr. Rrrr. Rrrrrrr.*

Dass Parzelle 105 gegenüber Parzelle 58 liegt, erklärt sich so: Es gibt nur eine Straße auf dem Campingplatz. Straße ist eigentlich zu viel gesagt, es ist ein Kiesweg. Er ist ziemlich lang. Gleich nach dem Empfangshäuschen auf der rechten Seite ist Parzelle Nummer 1, danach auf der rechten Seite Nummer 2, und so weiter. Auf der rechten Seite wird aufwärts gezählt. Der Wendehammer ist bei den Parzellen 70 bis 74, ab da geht das Zählen auf der anderen Straßenseite weiter. Das Dusch- und Klohaus ist auf Höhe der Parzelle 22, zwischen den Parzellen 144 und 145. Ich war sehr stolz, als ich ganz alleine hinter das Anordnungsprinzip kam, das war vorhin auf dem Weg zum Duschen.

Carla kann übrigens überhaupt kein Deutsch, und Onkel Mike kaum Französisch. Wie sie uns dann mitteilen konnte, dass sie uns in der Nacht *aus Versehen* verwechselt hat, fragt sich da manch einer sicherlich. Ganz einfach: Die Kommunikation zwischen den beiden läuft über den Google Translator. Wenn sie sich wirklich etwas mitteilen wollen, tippen sie es auf Carlas Telefon in der eigenen Sprache ein und das Wunder Internet erledigt den

Rest. Aber sie teilen sich nur sehr selten etwas auf diese Weise mit. Meistens redet einfach jeder auf seiner Sprache vor sich hin, unterstreicht das Gesagte durch Gesten, dann wird gehofft. Genau das ist grade das Thema.

»Unsere gemeinsame Sprache«, erklärt Onkel Mike pathostriefend, »unsere gemeinsame Sprache ist die Sprache der Liebe. Lalodamu!«

»Lalodamu?«, frage ich.

»Lalodamu!«

»La langue d'amour«, korrigiert Carla, während sie gelangweilt auf ihrem Telefon herumwischt.

»Genau! Lalodamu!«, ruft Onkel Mike, nimmt Carlas freie Hand und reißt sie sich an den Mund. Er schmatzt sie geräuschvoll ab, Carla wirkt etwas angeekelt. Ich frage mich wirklich, was genau ihre Motivation für diese Beziehung ist.

»La langue d'amour«, korrigiert sie nochmal und zieht ihre Hand weg. Dann muss Onkel Mike mal zum Klohaus. Dafür zieht er sich immerhin eine Hose an – um die Klopapierrolle hinein stecken zu können. Es muss ja nicht jeder wissen, aus welcher Motivation heraus man auf dem Platz herumspaziert. Sonst wäre es aber kein Problem, den Weg nackt anzutreten. Ich vermute, dass Onkel Mike bei Parzelle 130 *kurz* Halt machen wird, um sich dem *großen Hallo* anzuschließen. Da ich mir noch keinen WLAN-Code für zehn Euro die Stunde am Empfangshäuschen geholt habe, bin ich relativ beschäftigungslos. Im Gegensatz zu den anderen 159 Campingtischen liegt auf unserem keine *Bild*-Zeitung, mit der man sich für drei Minuten die Zeit vertreiben könnte. Also warte ich darauf, dass irgendwelche Nachbarn zum Grüßen vorbeikommen. Es kommt niemand. Aber genau das, denke ich nach einer kurzen Phase der Unruhe, genau das IST doch Urlaub. Mal eine Pause davon machen, sich ständig selbst zu entertainen, auch mal einfach so dasitzen, die Gedanken und den Blick schweifen lassen, über Wohnwägen und Autos aus Nürnberg und in den Himmel hinauf und wieder herunter auf Carla, die mir gegenüber sitzt.

Sie hält ihr Telefon hoch über sich und verzieht ihr Gesicht, als ob sie in eine Zitrone gebissen hätte. Sie betrachtet das Selfie kritisch, streckt ihr Telefon wieder so weit wie möglich weg von sich und macht einen Schmollmund, dann ein Duckface, dann ernst, dann verträumt, ich wohne einer ausufernden Selfie-Session bei. Bei fünfzehnjährigen Mädchen finde ich das schon eigenartig, aber bei ihnen ist es wenigstens Teil ihrer Sozialisation und völlig natürlich irgendwie. In der Pubertät ist von außen betrachtet alles peinlich, da sind Selfies nur ein Mosaik des grotesken Gesamtbilds. Carla musste sich die virtuose Bedienung ihres Telefons in ihrem Alter noch mühsam selbst beibringen. Als sie jung war, gab es auch in Frankreich nur Commodore 64. Jetzt schaut sie entsetzt, jetzt kritisch, jetzt deutet sie auf irgendwas hinter sich.

Sie könnte genauso gut mir das Telefon geben und frei posieren, aber wahrscheinlich hat sie Angst vor dem Kontrollverlust. Und die Sprachbarriere und alles – es ist doch sehr kompliziert mit uns. Wir sind Fremde. Dass sie vor ein paar Stunden ganz aus Versehen an meinem Dingdong herumgespielt hat, hat sie schon wieder *vergessen*, sagte vorhin der Google Translator. Ich sollte das auch dringend tun. Der Hintergrund auf ihren Selfies muss ein Stück Rasen mit einer Schlauchschleife sein, Onkel Mike hat vorhin den Platz gewässert. Vielleicht findet Carla das besonders hip und hashtaggt das Bild mit dem französischen Wort für Schlauch. *#utricule*

Wahrscheinlich ein Gigabyte Selfies später kommt Onkel Mike wieder zurück. Er zieht sich erstmal seine Hose aus, macht fünf Hampelmänner, »damit es nicht so klebt da unten«, und berichtet darüber, was auf seiner Reise alles passiert ist. Das Komische daran ist, dass es mich tatsächlich interessiert. Onkel Mike ist zum Klo und zurück gelaufen und hat mit ein paar Nachbarn gesprochen. Das sind die News. Aber im direkten Vergleich hat er enorm viel erlebt in den fünfzig Minuten, in denen er weg war.

Carla winkt ihn zu sich und zeigt ihm ihre Fotos. »Bon«, sagt er bei jedem, und als Steigerungsform, wenn ihm eines besonders gut gefällt, »Bonbon«. Nebenbei kratzt er sich an seinem Durchgehangenen. Schließlich küssen sie sich wild und verschwinden in ihrem Zelt. In Carlas Sinn hoffe ich, dass er sie dafür bezahlt. Sonst hätte sie wirklich ein gewaltiges Realitätswahrnehmungsproblem.

Ich mache einen kleinen Spaziergang, um dem akustischen Drama nicht beiwohnen zu müssen. Bei den Heidelbergern ist niemand am Platz, aber ihr Radio läuft. Der Heidelberger Lokalsender hat grade *Spendierhosen-Tag* und heute Morgen einfach so einen Porsche an einen 18-Jährigen verschenkt. Einen Porsche! An einen 18-Jährigen! Plus Fahrsicherheitstraining, versteht sich, sagt die Moderatorin. Na immerhin. Der Anruf bei dem jungen Mann wird grade eingespielt. Er sagt »Aha, yeah. Gut, danke.« Die nächste Beschenkte bekommt ein Bauchschläferkissen für ihren Mann spendiert, im Wert von 50 Euro. Sie freut sich ein wenig mehr. Ob französische Radiosender auch solch schwachsinnige Aktionen veranstalten? Oder sind die zu sehr damit beschäftigt, ausschließlich französische Musik zu spielen, um die Entkulturisierung des Landes zu bremsen? Fragt sich der deutsche Tourist auf dem reindeutschen französischen Campingplatz. Dann läuft er weiter bis zum Eingang des Platzes, um die Schranke herum und wieder zurück, dabei grüßt er einige Fremde.

Zurück am Platz: Onkel Mike und Carla liegen in ihren Liegen und sind eingeschlafen. Carla ist jetzt auch nackt. Das heißt, sie hat sich einfach nicht mehr angezogen danach. Sie ist schon etwas bequem. Ich zerre meine neue Luftmatratze aus meinem neuen Zelt und tu es ihnen gleich. Hinlegen, Augen zu, schließlich ist schon fast Mittag. Das ist Urlaub!

Acht Stunden später.

»Vamos a la playa«, brüllt Onkel Mike Richtung Carla, was dem Französischen zumindest sehr nahekommt. Sie hat Kopfhörer im Ohr und reagiert nicht.

»Ich hab gehört, da hängen die jungen Leute ab«, fügt er zu mir gewandt hinzu, nur etwas leiser. Ich habe keine Kopfhörer.

Onkel Mike ist in den letzten Stunden ganz offensichtlich in keinen Jungbrunnen gefallen, er sieht noch immer aus wie eine alte Kräuterhexe, aber von seinem Jugendwahn kann er sich einfach nicht lösen. Früher hat er jahrelang als Sozialarbeiter in einem Jugendhaus gearbeitet und hat dort das getan, was Sozialarbeiter in Jugendhäusern nun mal tun: Tischfußball spielen und auf Kumpel machen. Mit einer der jungen Damen, die er betreuen sollte, hat er dann zu sehr auf Kumpel gemacht und sie zu sehr betreut, weswegen er nun mit gar keinen Jugendlichen mehr auf Kumpel machen und Tischfußball spielen darf, sagte das Gericht. Nach dem unehrenhaften Rausschmiss, in der Lokalpresse wurde er groß besprochen, hat Onkel Mike seine Leidenschaft für Campingplätze entdeckt.

Er bewegt Carla durch Pantomime dazu, ihm Gehör zu schenken und wiederholt sich noch einmal. Sie versteht und scheint etwas angetan von der Idee. Sie drückt ihre Freude in einem Selfie aus, auf dem sie lacht. Es scheint nun alles ganz schnell gehen zu müssen. Onkel Mike zieht sich zur Feier des Anlasses seine Hose wieder an und ich werde beauftragt, den Rosé-Kanister aus der Kühlbox zu holen. Drei Liter feinsten Roséweins, direkt vom Platzbetreiber abgezapft aus dem riesigen Fass am Empfangshäuschen, der größten Attraktion unseres Campingplatzes.

Wir machen uns also auf den Weg zum Strand. Carla trägt einen sehr großen Hut. Keine Ahnung, wo sie ihn bisher versteckt hat, er ist rot und strohen.

Auf Höhe Parzelle 46 werden wir ausgebremst. Die Saarbrücker unterbrechen ihr Kniffelspiel extra, um uns von ihrem Tagesausflug an eine große Düne zu berichten, »die größte Düne Europas« sogar. Die Saarbrücker und Onkel Mike lachen miteinander, wie es sich gehört. Carla und ich stehen daneben wie abgestellt.

»Und ihr? Den ganzen Tag hiergeblieben, was? Ja, das muss auch mal sein, HAHAHA«, sagt der Saarbrücker. Onkel Mike erzählt ihm daraufhin die Handlung des Buchs, das er gerade liest und lacht auch darüber. Das ist zwar etwas eigenartig, da es in seinem Buch um Vaginalbeschneidung geht, aber der Saarbrücker lacht mit, aus reiner Gewohnheit. Die Saarbrückerin sagt, in der eindeutigen Hoffnung, dass wir uns auf ein Glas Rosé zu ihnen setzen und ihr Kniffelspiel bereichern: »Wir wollen euch auch nicht weiter aufhalten jetzt. Ihr wollt ja bestimmt auch nicht eine flotte Runde mitspielen. Oder? Eine ganz kurze?«

»Carla muss ganz dringend mal«, antworte ich. Carla unterstreicht meine Lüge unbewusst, indem sie einfach weiter nervös mit dem Fuß tippelt.

»Na dann, vielleicht morgen, HAHAHAHA«, verabschiedet uns der Saarbrücker.

Es ist gar nicht so einfach, den Campingplatz zügig zu verlassen, wenn man schon so viele Freunde gewonnen hat, mit denen man dringend smalltalken muss. Sich hier anzufreunden ist einfacher als auf Facebook. Man sagt einmal hallo und schon ist man Freund. Onkel Mike kennt jeden, er ist auch einfach ein Menschenmensch. Ein echter Camper. Von den Offenbachern (Parzelle 125) erfahren wir, dass das Wetter morgen nicht so gut werden soll, aber gen Abend dann wieder. Ihre Nachbarn, die Kleinfamilie aus dem Taubertal, haben noch Geburtstagskuchen übrig, ihr Bub ist heute zehn geworden, aber schon im Bett, Pardon, Schlafsack. »Der wird heut Abend gut schlafen, das hab ich mir schon den ganzen Tag gedacht«, sagt die stolze Mutter. Auf meinem Kuchenstück ist ein blaues Smartie. Wir passieren das Dusch- und Klohaus und haben es fast geschafft.

Aus Parzelle 12 springt ein Mädchen auf den Kiesweg und ruft: »ICH HASSE EUCH! ICH HASSE EUCH!«

Ich zucke vor Schreck zusammen. Carla und Onkel Mike bleiben gänzlich unbeeindruckt.

»Jaja, wissen wir«, tönt es aus Parzelle 12.

»Das ist die Tochter vom Ulf«, erklärt Onkel Mike. »Er hat mir schon erzählt, dass sie schwierig ist.«

Onkel Mike stoppt unsere Wanderung, um mal mit Ulf zu reden. Carla steckt sich die Kopfhörer unter ihren Hut, wartet eine Sekunde, und wippt. Das ist wohl dieses französische Laissez-faire. Sie stellt sich sehr schnell auf neue Situationen ein, wobei ihr eigentlich alle Situationen egal sind. Ulfs Tochter hat keine andere Platte parat und schreit weiter: »ICH HASSE EUCH! ICH HASSE EUCH!«

»Tschuldigung, worum geht's denn?«, frage ich sie, um sie vielleicht zu beruhigen.

»ICH HASSE MEINE ELTERN.«

»Das dachte ich mir schon. Aber warum?«

»WEIL SIE SCHEISSE SIND.«

»Jaja, wissen wir«, kommentiert diesmal die Mutter. Meine Sympathien liegen eher bei den Eltern als bei ihrer schreienden Brut, muss ich gestehen.

»Jetzt mal tief durchatmen«, sag ich zu ihr. »Was ist denn los?«

Sie atmet tatsächlich tief durch und erzählt mir ihre Geschichte, ohne Punkt und Komma: »Wir waren heute auf dem Markt und da hab ich mir ein Henna-Tatoo machen lassen, hier schau, sieht echt geil aus, und dann hab ich gesagt, dass es echt geil aussieht und Papa sagte *nein* und dann hab ich gesagt, dass ich mal ein richtiges Tattoo haben will und Papa sagte *nie im Leben*.«

»Und dann?«

»Das war's. Das war vor einer Minute.«

»Ach so. Sag mal, wie alt bist du?«

»Sechzehn.«

»Warum fährst du in dem Alter noch mit deinen Eltern in Urlaub?«

»Weil sie mich zwingen?«

Feststellungen, die als Fragen intoniert sind, sind nicht meine Lieblingsfeststellungen.

»Aha. Ja gut, Pech gehabt.«

»Ich darf überhaupt nix.«

»Tja.«

»Nicht mal zum Strand. Da sind alle jungen Leute.«

»Ich weiß, wir sind auf dem Weg dahin.«

»ICH HASSE EUCH!«, brüllt sie wieder an mir vorbei, weil sie es schon lange nicht mehr gebrüllt hat.

»Ich hab die Sache geklärt«, sagt Onkel Mike, der grade wieder zurück kommt. »Die Sandra geht mit uns an den Strand. Damit sie mal was erlebt.«

Das hysterische Mädchen mit dem peinlichen Henna-Tattoo heißt also Sandra. Auch das noch.

»Ich passe auf sie auf, hab ich dem Ulf versprochen. Der will nicht mit an den Strand.«

»ICH LIEBE EUCH!«, brüllt Sandra, mit herzlich wenig Liebe in der Stimme.

»Jaja«, sagt die Mutter.

»Viel Spaß!«, sagt Ulf.

Jetzt sind wir also zu viert. Und schon schaffen wir es, den Platz zu verlassen. Sandra erzählt uns auf dem Weg von ihren Freundinnen. Sie redet von Jasmin und Theresa und einem Mädchen namens Chi, ganz so, als ob sie es höchst verwunderlich fände, wenn wir die drei nicht kennen würden. Es ist nicht das erste Mal, dass ich Jugendliche so reden höre. Niemand mit einem Hauch Abstraktionsvermögen plappert einfach irgendwelche Namen vor sich hin, von denen es völlig klar ist, dass der Gesprächspartner nichts mit ihnen anfangen kann. Irgendwann wird der Punkt kommen, an dem Sandra eine Außensicht auf sich und ihr unwichtiges Beziehungsgeflecht bekommt und von »einer Freundin von mir« erzählen wird. Es wird ein ebenso großer Schritt im Reifeprozess zum fertigen Mensch sein wie der, wenn ein Baby sich im Spiegel sieht und sich selbst an die Nase fasst. Jugendliche sind so putzige Geschöpfe. So wie Onkel Mike Sandra von der Seite beschaut, befürchte ich, dass er auf etwas andere Art das Gleiche denkt.

Am Strand finden wir genau das, was ich erwartet habe, am Strand zu finden: Ein Lagerfeuer mit ein paar jüngeren Menschen drum herum, die sehr große Flaschen halten. In den Supermärkten hier gibt es alles in der Zweiliterausführung. Einer hält statt einer Flasche eine Gitarre und trägt einen alten Schlapphut, dafür kein T-Shirt. Jedes Lagerfeuer braucht sein Klischee. Wir pirschen uns schüchtern heran, bis wir uns sicher sind, dass deutsch gesprochen wird. Dann ist großes Hallo. Sie wohnen alle auf unserem Campingplatz, Onkel Mike kennt sie sämtlich beim Vornamen.

Sandra schlängelt sich neben dem Gitarrenspieler nieder und setzt ein sehr übertriebenes Lächeln auf. Wahrscheinlich hält sie es für ihren charmanten Ausdruck.

»Spielst du mal das Eine?«, fragt sie.

Es ist weder so, dass ich über eine enorm große Lebenserfahrung und Weisheit verfüge, noch habe ich öfter als ein Dutzend Mal an irgendwelchen Lagerfeuern gesessen. Aber an jedem, wirklich jedem Lagerfeuer, an dessen Wärme mich das Schicksal des nachts gekettet hat, saß irgendein gutaussehender junger Kerl mit altem Hut und Gitarre. Und jedes Mal wurde er von irgendeinem schmachtenden Mädchen gefragt, ob er mal »das

Eine« spielen könne. Und immer tat er es. Es gehört wohl zur Gitarrenspielergrundausbildung, an Lagerfeuern zu sitzen und immer wieder dieses eine Lied zu spielen.

Er spielt die ersten Akkorde an und noch bevor er anfängt zu singen, versetzt er damit nicht nur Sandra, sondern alles um das Feuer versammelte Weibliche in mentale Empfängnisbereitschaft. Auch Carla wirkt angetan. Eine ganz neue Facette an ihr.

»*Today is gonna be the day that they're gonna throw it back to you, by now you should have somehow realized what you gotta do*«, singt er, und jetzt bin auch ich ein bisschen gerührt. Er singt wirklich schön. Bei *The Voice* würden sich sicher drei von vier Stühlen für ihn umdrehen. Lagerfeuer ohne einen Typ, der *Wonderwall* singt, sind einfach nicht komplett. Was haben die Leute eigentlich früher an Lagerfeuern gesungen, bevor es *Wonderwall* gab? *Einst ging ich am Ufer der Donau entlang* wahrscheinlich, das schönste Lied über die Vergewaltigung einer Bewusstlosen, das je geschrieben wurde. Und vorher das Horst-Wessel-Lied, eine Zeit lang. Dann doch lieber Wonderwall.

»*And after all, you're my wonderwa-a-all.*«

Onkel Mike kuschelt sich an Carla heran, ich an den Rosé-Kanister. Für einen Moment könnte man fast vergessen, dass wir alle deutsche Camper sind, die ihren Urlaub im Ausland freiwillig auf einem eingezäunten deutschen Territorium mit strikteren Regeln als in einem Stuttgarter Mietshaus und Nachtruhe um 21.30 Uhr verbringen. Ein Hauch von Freiheit und Anarchie durchströmt mich.

»*You're gonna be the one that saves me. You're gonna be the one that saves meeeee.*«

Ich hebe den Rosé-Kanister zum Mund.

12 Stunden später.

Eine schwere Erschütterung reißt mich aus dem Schlaf.

»Scheiß Landstraßen hier«, brummt Onkel Mike vom Fahrersitz. Ich liege auf der Rückbank seines Mitsubishi. Mein Kopf tut weh, und mein Oberarm auch. Durch die Frontscheibe sehe ich ein Schild:

Poitiers km 130

»Onkel Mike?«, krächze ich.

»Guten Morgen!«

»Was soll das? Was machen wir?«

»Wir fahren nach Spanien?«

Feststellungen, die als Fragen intoniert sind, sind nicht meine Lieblingsfeststellungen. Ich glaube, ich habe das schon mal erwähnt. Ich werde auch nicht sonderlich gern vor vollendete Tatsachen gestellt.

»Äh, warum?«, hake ich nach.

»Wegen Ulf?«

Ich versteh nicht ganz.

»Ich versteh nicht ganz«, sage ich folgerichtig.

»Du hast einen Filmriss? Sei froh!«

Ich entscheide, erstmal angestrengt nachzudenken, bevor ich weitere Fragen stelle. Da war der Typ am Lagerfeuer, der *Wonderwall* sang. Dann habe ich viel Rosé getrunken. Dann wollte Carla sich wieder an mich kuscheln, aber ich hab sie nicht gelassen. Dann hat sich Sandra an den Gitarrenspieler gekuschelt, der hat sie ein bisschen mehr gelassen. Dann kam der alte Franzose mit der Tätowiermaschine vorbei. Oh. Das könnte die entscheidende Stelle gewesen sein.

»Ich kann mich nie mehr auf dem Platz blicken lassen«, sagt Onkel Mike vor sich hin, wirkt aber gar nicht sonderlich entsetzt darüber. »Zum Glück hab ich denen einen falschen Namen von mir gegeben. Bezahlt hab ich ja auch noch nicht.«

»Was bezahlt? Deinen Stellplatz oder Carla?«, frage ich im Spaß.

»Sowohl als auch«, antwortet er im Ernst.

»Oh.«

Im Rückspiegel sehe ich, wie er ein breites Grinsen aufsetzt. Sein Gesicht besteht nur noch aus zusammengeschobener, dünner Haut.

»Wo haben wir Carla denn gelassen?«, frage ich.

»Beim Gitarrenzupfer. Singen kann er ja, das muss man ihm lassen.«

»Und Sandra?«, frage ich weiter und richte mich dabei mühsam auf. Durch meine neue Perspektive bemerke ich, dass Onkel Mike nackt ist. Es gäbe Verwunderlicheres.

Ganz dunkel und verschwommen taucht vor mir eine wütende Sandra auf, die mit blutendem Arm »ICH HASSE EUCH!« Richtung Gitarrenspieler und Carla brüllt.

»Heute Nacht hielt ich das noch für eine gute Idee«, erklärt Onkel Mike. »Sie wollte doch unbedingt ein Tattoo haben. Und wenn ich es zahle, kann ich ja wohl auch entscheiden, was auf ihr drauf steht. Der alte Franzose war schon ein Schlitzohr! Zwei Tattoos zum Preis von einem. HA! Aber nur, wenn es das gleiche ist. HAHAHAHA!«

Ich lache mit. Einfach so. Aus Gewohnheit wahrscheinlich. Mein Kopf tut noch mehr weh davon. Mein Oberarm schmerzt weiterhin konstant. Ich schiebe den Ärmel meines T-Shirts nach oben und das Lachen vergeht mir.

Aber immerhin sieht es ganz gut aus, mein neues Tattoo: *Lalodamu!*

Oktober

Nun wird es wieder früher dunkel. Trotzdem ist es tagesweise noch recht warm, sodass man nie weiß, ob eine Jacke schon angebracht ist oder nicht, ob man damit zu den Gewinnern oder Verlierern zählen wird. Ich habe es mir dieser Tage zur Angewohnheit gemacht, bei Anbruch der Nacht, kurz nach 20 Uhr, ein wenig spazieren zu gehen. 800 Meter sind es von meiner Wohnung bis zur nächsten S-Bahn-Station. Als ich die Strekke das letzte Mal ging, habe ich eine Zufallsprobe der Umwelt genommen.

Auf den 800 Metern waren 122 freilaufende Menschen unterwegs, davon 4 Kinder. 3 der 4 Kinder standen zusammen mit einer Frau, vermutlich der Mutterfrau, aber das kann ich nicht wissen, in einer erleuchteten Hofeinfahrt herum. Die Frau wischte einem der Kinder an der Hose herum, womöglich kleckerbedingt. Das vierte Kind sprang mich aus einem Gebüsch vor einem Spielplatz heraus an und erschreckte mich mit seinem Spielzeuggewehr. Das Kind war von dunkler Hautfarbe, zielte auf mich und sagte: »Peng Peng.« Ich dachte: Zum Glück sind wir nicht in den USA und es ist kein Polizist in der Nähe.

23 der 122 waren mit dem Fahrrad unterwegs, 12 hatten Licht, 5 fuhren in Schlangenlinien, eine Überschneidung. 2 telefonierten beim Fahren, einer von ihnen sagte: »Ich kann grade nicht, ich fahre Fahrrad.«

4 schnorrten mich auf eine Zigarette an. Einem gab ich eine, woraufhin er eine zweite verlangte.

Neben den 122 Menschen traf ich auf 19 Hunde, 18 davon freilaufend, der eine angeleinte wirkte nicht sonderlich aggressiv, sein Fell sah flauschig aus. 9 der 19 Hunde waren Möpse. Einer der Möpse trug eine kleine Krawatte und einen Hut, er war somit das bestgekleidete Wesen auf dem ganzen Weg.

2 der Hunde, einer davon ein Mops, trugen blinkende Halsbänder. Eines der vier Kinder trug einen blinkenden Armreif, der Junge mit dem Gewehr blinkende Schuhe, aber nur, wenn er auftrat.

5 der 122 saßen gut sichtbar hinter großen Scheiben an Tischen eines indischen Restaurants. Nur 2 von ihnen saßen zusammen, sich gegenüber, und unterhielten sich. Die anderen 3 saßen allein und verteilt im Raum und schienen alle auf irgendwen zu warten, 2 von ihnen sahen mich durch die Scheibe hindurch feindselig an, eine Frau, ein Mann.

4 der 122 aßen Currywurst. Einer bereitete Currywurst zu, denn das ist sein Job. Es ist Curry-Kalle, der einzige unter allen, den ich mit Namen kannte. Curry-Kalle kennt aber meinen Namen nicht, denn ich stehe nicht in einem Wohnwagen, auf dem mein Name steht, am Straßenrand herum. Wenn ich bei Curry-Kalle Currywurst kaufe, nennt er mich immer »junger Mann« und das gefällt mir.

Mit 12 der 122 wäre ich ohne zu Zögern auf der Stelle ins Bett gegangen, wenn sie mich gefragt hätten. Mit weiteren 30 nach etwas Überzeugungsarbeit. Aber das ist sehr unrealistisch, es fragt einen ja nie jemand einfach so auf der Straße, zumindest nicht, wenn's umsonst sein soll. Man wird ja schon schief angeschaut, wenn man auf dem Männerklo mal rüberkuckt und Komplimente macht. Wir leben in einer prüden Gesellschaft!

Von den 99, die zu Fuß und nicht auf dem Rad unterwegs waren, bewegten sich 93 mit normaler

Geschwindigkeit. 4 joggten, 3 von ihnen musikhörend, einer bewegte sich gar nicht, weil er stand. Und einer machte bewegungstechnisch etwas, das ich überhaupt nicht einordnen konnte, das aber lustig aussah. Dann fiel er hin.

2 kamen aus einem Bio-Markt. Beide steckten sich eine Zigarette an.

3 trugen eine kleine Biertisch-Garnitur, wie sie überall auf der Straße herumstehen.

4 trugen noch kurze Hosen.

5 Bascaps mit dem Schirm nach hinten, 8 nach vorne. Auf 5 der 8 Mützen befanden sich einzelne Buchstabenkombinationen wie NY und LA, auf einer ein Vogel, auf einer ein Mops und auf einer stand BRLN, also »BERLIN« ohne Vokale. BRLN.

20 trugen Brillen.

13 Rucksäcke, 22 Turnbeutel.

51 sahen auf ihr Smartphone.

Einer, offenbar ein Späti-Besitzer, schrie herum. Er vermisste eine Biertischgarnitur.

2 redeten Chinesisch, 2 Italienisch, 4 Spanisch, 3 Englisch, die meisten aber gar nicht.

Eine sagte »Whaaaaaaat?«, eine Andere »Ich bestell diese Woche nix mehr bei Zalando, ehrlich«, eine andere Andere rief »Schaaaaaatz«, woraufhin sich 20 weitere Andere umdrehten, da sie sich angesprochen fühlten und teilweise so routiniert wie genervt »Ja, was ist denn, Schatz?« antworteten – was wiederum meine These bestätigt, dass es bei 90 Prozent aller Beziehungen in der Anfangsphase ein Gespräch des folgenden Wortlauts gegeben haben muss:

»Wie sollen wir uns eigentlich nennen, Sabrina?«

»Ich weiß nicht, Thomas.«

»Wollen wir es einfach wie alle anderen machen?«

»Okay, Schatz.«

5 der 19 Hunde pinkelten an einen Baum, 2 von ihnen an denselben, aber hintereinander. Eigentlich eher abwechselnd, denn nachdem der zweite dran war, kam wieder der erste, dann wieder der zweite. Sie spielten *Mein Revier, dein Revier, mein Revier, dein Revier*. Verloren hatte der, der als erstes leer war. Als die Schlacht geschlagen war, kam ein Dritter und markierte sie beide über. Kein Hund.

Als ich fast am S-Bahnhof angekommen war, zischte mich einer von der Seite an: »Hey, brauchste was?«

»Och ja, so ne Umarmung wär ganz schön«, sagte ich.

»Oaaah, schon wieder so'n Verrückter«, rief er, setzte sich einen Topf auf den Kopf und schlug mit einem Kochlöffel dagegen, wobei er hakenschlagend davonrannte. Wären wir nicht in Berlin gewesen, hätte ich mich gewundert.

122 Menschen und 19 Hunde lagen hinter mir, eine kleine Stichprobe auf 800 Metern, 5 Minuten Beobachtungszeit. Es hatte sich gar nichts und doch so viel ereignet. Ich werde öfter mal die Augen offenhalten, dachte ich, und schloss sie, als die S-Bahn losfuhr. Mit mir zusammen waren 68 eingestiegen.

Herrenloses Gepäckstück

Weihnachtsmärkte sind das Disneyland des kleinen Mannes. Mindertalentierte Laienschauspieler laufen als Nikolaus, Christkind und Engel verkleidet zwischen zugigen Holzbuden herum, in denen selbstgebastelte Designobjekte aus Stroh, Zweigen und Walnussschalen feilgeboten werden. Ich frage mich immer, wie die Budenbetreiber auf ihre kreativen Ideen kommen. Vermutlich so:

»Was machen wir denn dieses Jahr mit dem trockenen Stroh?«

»Wir könnten was total Abgefahrenes basteln, was Innovatives.«

»Das Brandenburger Tor vielleicht oder die ISS.«

»Den Eiffelturm, das Skigebiet Warth-Schröcken. Oder, wart mal eben: Die letzten 40 Jahre haben wir aus dem Stroh Sterne gebastelt. Machen wir das doch einfach wieder.«

»Ja, das machen wir.«

Da ein Weihnachtsmarktbesuch nüchtern nicht zu ertragen ist und die Geschmäcker verschieden sind, gibt es den Glühwein in mindestens drei Farben respektive Geschmacksrichtungen. Neuerdings, so schreiben die Zeitungen, werde auch gerne heißer Aperol Spritz ausgeschenkt.

»Eine fantastische Idee«, sagte ich also, als meine Schwester vorschlug, ich könne sie und ihre vier – formulieren wir es positiv – *aufgeweckten* Kinder auf den örtlichen Weihnachtsmarkt begleiten.

Ich war ihr noch einen kleinen Gefallen schuldig, der mit einem Erbanteil zu tun hatte, also reagierte ich wie antrainiert stets äußerst euphorisch auf ihre Ausgehvorschläge: »Toll, klasse, Weihnachtsmarkt, ich kann es kaum erwarten ... Du meinst nächstes Jahr, oder?«

Wir trafen uns zwei Stunden später. Die drei großen Kinder hatten durch ihre Winterverpackung das doppelte Volumen als üblich, sie sahen aus wie die Nachkommen des Michelin-Männchens. Den Kleinen, Reinwald, hatte meine Schwester als Rentier verkleidet. Seine Nase war rot angemalt und ein blinkendes Geweih auf seine Mütze aufgesteckt. Er wirkte darüber eher semi-begeistert.

Die drei großen Kinder kann ich – wie bereits erwähnt – auch sonst nicht wirklich auseinanderhalten. Sie haben alle neumodische Namen mit L. Linus, Leo, Luis, Lonathan, Lala, Lulu, irgendsowas, niemand kann das unterscheiden. Bis Reinwald kam, war die Einteilung für mich klar: Es gab das große Kind, das mittlere Kind und das kleine Kind. Sehr einfach. Zur Identifikation reichte die Körpergröße. Und außerdem hatten sie tatsächlich auch verschiedene Gesichter. Seit Reinwalds Erscheinen gibt es für mich weiterhin das große, das mittlere und das kleine Kind. Und Reinwald. Solange nicht noch eines dazukommt, kann ich mit dieser Einteilung gut leben und werde mir erst was Neues einfallen lassen müssen, wenn sie erwachsen und etwa gleich groß sind. Mir schwebt vor, wie in guten alten Zeiten einfach nach der Tätigkeit zu gehen. Der Philosophie-Student, der Social-Media-Manager, der Sympathisant des islamistischen Terrorismus. Und Reinwald.

Zur Begrüßung spielten wir das Durchzählspiel. Die Jungs waren total verrückt nach dem Durchzählspiel, seit wir beim Babysitten zusammen einen Kriegsfilm angeschaut haben. Das Durchzählspiel geht so: Sie stellen sich der Größe nach auf, zählen durch, 1, 2, 3, und Reinwald sagt irgendein Wort, das er grade neu gelernt hat, weil er noch nicht zählen und sich die Vier nicht merken kann.

Sie stellten sich auf, ich befahl: »Durchzählen!«

»Eins.«

»Zwei.«

»Drei.«

»Pimmel.«

»Ich weiß auch nicht, woher er das hat«, sagte meine Schwester.

»Kann ja vielleicht doch ganz lustig werden heute«, sagte ich. »Gehen wir mal was trinken.«

»Ich wollte mich erst noch etwas nach aufregender neuer Dekoration für Heiligabend umschauen«, sagte meine Schwester.

»Oooh, das ist voll langweilig«, sagte ich.

Wir einigten uns darauf, dass Reinwald mit seiner Mutter gehen musste, ich kümmerte mich um die drei großen Kinder. »Pimmel«, kommentierte er, während er an der Hand weggezogen wurde. »Pimmel, Pimmel, Pimmel, Pimmel, Pimmel«, und schon waren sie in der besinnlichen Masse verschwunden.

Meine Freude über die neue Freiheit währte nur kurz. Vor dem Glühweinstand standen etwa vierhundert durstige Leute herum, in Fachkreisen spricht man bei einer solchen Menschenansammlung auch von der sogenannten Glühweintraube. Ich überschlug, dass wir mindestens eine halbe Stunde warten würden müssen, und kam auf eine Idee.

»Du, sssht, mittleres Kind, weißt du noch, das Spiel, das ich euch im Fußballstadion beigebracht habe?«

Das mittlere Kind nickte begeistert.

»Das spielen wir jetzt. Sag es dem großen Kind und dem kleinen Kind, und dann los.«

»Juhu, juhu«, machte das mittlere Kind und stürzte sich in seine Mission.

Das Spiel, das ich mir extra für Situationen wie diese ausgedacht habe, heißt *Herrenloses Gepäckstück*. Und wieder lief es perfekt.

Die Kinder 1, 2 und 3 schoben sich an den Beinen der Anstehenden hindurch an die Spitze der Schlange, ich konnte sie nicht mehr sehen, aber, wie alle anderen, deutlich hören.

»Oh, hier steht ein Koffer.«

»Gehört Ihnen vielleicht der Koffer?«

»Hm, keinem gehört der Koffer.«

»Hier tickt doch was.«

Die Menge löste sich rasant auf, die Leute liefen leicht panisch in alle Richtungen davon. Ich war beim Ausschank als nächstes an der Reihe. Für ihren lobenswerten Einsatz bekamen die Kinder einen Kinderpunsch, mit drei Strohhalmen. Ich gönnte mir einen heißen Caipirinha. Es gibt jetzt alles in heiß. Wann es wohl das erste heiße Bier an einem Glühweinstand geben wird? Das große Kind mischte sich mit einer Kinderfrage in meine Überlegungen ein:

»Duuuu, das Christkind, das ist doch eigentlich der kleine Jesus. Warum spielt den auf Weihnachtsmärkten immer eine 20-jährige, hübsche Frau mit langen blonden Locken? Das versteh ich irgendwie nicht.«

Ich erklärte: »Ja, pfff, ich würd sagen, großes Kind, … schau mal, da vorne gibt es Waffeln!«

»Mir ist langweilig«, sagte das kleine Kind, als wir unsere Waffeln gegessen hatten, »ich will was spielen.«

Ich erklärte: »Hier, schau, kleines Kind, du könntest ein Instrument lernen, dann kannst du nächstes Jahr mit den Kindern da drüben spielen.«

Auf einer Randbühne spielte ein Kinderorchester unterschiedliche Weihnachtslieder, zeitgleich. Während es sich beim Trompetenjungen nach *O du Fröhliche* anhörte, flöteten die Blockflötenmädchen *Süßer die Glocken nie klingen*, das Geigenmädchen fiedelte *Leise rieselt der Schnee*. Ich habe ein sehr gutes Gehör.

»Pimmel«, hörte ich es leise von irgendwo.

»Pimmel, Pimmel, Pimmel, Pimmel.«

Reinwald samt Mutter hatten sich ihren Weg zurück zu uns gebahnt.

»Schau mal, ich hab ganz tolle Strohsterne gekauft!«, rief meine Schwester stolz. Sie hatte Reinwald auch schon mit zweien davon dekoriert. Er wirkte darüber eher semi-semi-begeistert.

»Und, was war bei euch so los, waren sie brav?«

»Jaja«, sagte ich. »Richtige Engel sind das, deine Jungs. Lass uns doch noch was Heißes trinken gehen, ich weiß, wie man heute schnell drankommt.«

Fixen Rutsch

»Hey Zivi«, rufe ich dem Jungen nach, der grade mit meiner gut gefüllten Urinflasche verschwinden will. Ich habe die Absicht, ihn mit dem Schmuggel einer Flasche Schnaps zu beauftragen.

»Ich bin kein Zivi, ich bin Bufdi«, sagt der Zivi und lächelt stolz und blöde, mit meiner Pisse in der Hand. Er startet unverlangt einen Vortrag über die Unentbehrlichkeit des Bundesfreiwilligendienstes, gespickt mit einigen geistigen Exkursionen in den Bereich des Ehrenamts an sich, zum Beispiel DLRG, wo er auch Mitglied sei, er sei damals der Erste in seiner Klasse gewesen, der das Seepferdchen –

»Is ja gut«, unterbreche ich. »Fassen wir also zusammen: Du bist so was wie ein Zivi, mit dem Unterschied, dass du nicht mal Geld dafür bekommst.«

Er meint, das sei gewissermaßen eine provokative Aussage, die im Grunde genommen aber stimme.

Ich frage ihn, ob er mir eine Flasche Schnaps reinschmuggeln könne.

Er sagt, das widerspreche seinen Prinzipien und jedweder Berufsethik.

Ich widerspreche, dass von einem Beruf ja nun mal überhaupt keine Rede sein könne, wie zuvor schon geklärt, denn für die Ausübung eines Berufs sei ein Gehalt essenziell, und außerdem, füge ich an, habe er in seinem Leben noch nicht mehr erreicht, als in der Schule die Hand zu heben und anderer Leute Ausscheidungen durch die Gegend zu tragen.

Er widerspricht und zählt Erfolge im sportlichen Bereich auf.

Ich beschließe, dass aus dem Jungen nie was werden wird und frage ihn nach seinem netten Kollegen. »Der von vorgestern und gestern, der einem für fünf Euro Trinkgeld alles besorgt und auch nicht aufmüpfig protestiert, wenn man ihn Zivi nennt.«

»Den Konrad meinen Sie?«, sagt der Zivi. »Der wurde gefeuert, weil er einem Patienten Haschplätzchen und Feuerwerksböller verkauft hat.«

»Wie konnte er nur!«, rufe ich entsetzt aus. In mir zerfällt das Kartenhaus der Illusion eines angenehmen Krankenhausaufenthalts. Und ich mache mir große Sorgen um Konrad. Hoffentlich musste er nicht seinen ganzen Großhandel und seine Auftraggeber aufdecken. Nun ja, schade um ihn, aber mit seinen Fähigkeiten wird er seinen Weg schon machen. Man wächst an Rückschlägen, das mag gar nicht so schlecht sein für den jungen Mann und sein zukünftiges Unternehmen. Zum Glück hat man hier auch ganz offiziell Zugriff auf guten Stoff.

»Wann kommt die Schwester denn mit der nächsten Runde Schmerzmittel?«, frage ich.

Der Zivi erklärt mir, dass er den Zeitplan der Gesundheitspflegerinnen und Gesundheitspfleger leider nicht im Kopf habe. Er könne mir aber einen Kamillentee für die Wartezeit bringen, dazu sei er befugt.

»Ja, und zum Füßewaschen und Rollstuhlschieben, ich weiß«, sage ich.

Ich kenne mich aus, sehr gut sogar, da ich selbst Zivi im Krankenhaus war. Sogar genau da, wo ich jetzt wieder gelandet bin, auf der Orthopädie. Das war auch mein letztes regelmäßiges Einkommen. Solide Arbeit, zehn Monate am Stück, das soll mir erstmal jemand nachmachen! Und es gab zusätzliche Verdienstmöglichkeiten en masse. Nicht verwunderlich, dass mir Konrad so sympathisch war, ich habe damals so ziemlich genau dasselbe gemacht. Korruption wäre vielleicht der falsche Ausdruck. Aber irgendwann hatte es sich unter den Patienten herumgesprochen, dass sich die Chancen, direkt nach dem Ausflug zum Röntgen oder ins MRT wieder von mir abgeholt zu werden und nicht eine Stunde verloren und frierend im Rollstuhl auf dem Flur herumstehen zu müssen, drastisch erhöhen, wenn man sich mir ab und an erkenntlich zeigte. Hier mal ne Mark, da mal nen Schein. *Danke fürs Wenden, bitte die Bettpfanne, wie stehen die Chancen, dass morgen ein Kümmerling zum Abendbrot gereicht wird?* Da war eigentlich alles drin. Was man als Stationszivi zu erledigen hat, füllt ja nun auch keinen Achtstundentag aus. Essen reintragen, Tabletts raustragen, Urinflaschen ausleeren, Rollstühle und Betten durch die Gegend schieben, leer und mit Inhalt, Füße waschen, Thrombosestrümpfe über adrige Beine zwängen. Das war's schon. Genug Zeit, um einen gut laufenden Room-Service zu etablieren. Zwar war das Annehmen von Trinkgeldern durch den Zivildienstvertrag streng verboten, gewerbliche Nebentätigkeiten waren aber nicht ausdrücklich erwähnt, nach meiner Interpretation also auch nicht untersagt.

In eine *Bild*-Zeitung lässt sich so einiges einwickeln, und die war und ist noch immer das meistgehandelte Gut im Krankenhaus. Kann man was dagegen haben, bringt aber nichts. Man kann auch was gegen Asphalt haben. Der hält sich auch ewig, obwohl die Auflage bröckelt.

Ich hab es noch im Ohr, als wäre es gestern gewesen: »Junge, Zivi, Handlanger, bring mir mal aus dem Laden die *Bild*, und ...« dann wurde die Stimme gesenkt und die geheimen Wünsche offenbart. Schnupftabak, zwei Kästen Bockbier, den Pullover von Ausbildungsschwester Annegret zum dran riechen. Alles war möglich.

»Warum schauen Sie denn so, so entrückt und glücklich?«, fragt der Zivi.

»Könntest du mich vielleicht duzen, damit ich mich nicht so alt fühle?«, frage ich zurück.

Er sagt, das widerspreche seinen Prinzipien. Ich werde wütend und werfe eine Orange nach ihm. Er weicht geschickt aus, hat er sicher bei der DLRG gelernt.

»Na na na«, sagt er, »Sie sollten sich nicht so aufregen in Ihrem Alter. Ich werde dann mal Ihren Urin entsorgen. A tout à l'heure.«

Und weg ist er.

Zum Glück ist man als Kassenpatient im Krankenhaus nie allein. Ich teile mein Zimmer mit drei anderen Haudegen, die sich auch alle das Becken gebrochen haben. Vom Personal werden wir deshalb *die Beckenrecken* genannt, das schweißt zusammen. Allerdings schlafen die anderen gerade alle, vielleicht ist einer von ihnen auch schon tot. Sie sind im Schnitt so dreißig Jahre älter als ich, da kann jeder Atemzug der letzte sein. Außerdem beneiden sie mich, nicht nur wegen meiner neunundzwanzigjährigen Jugendlichkeit, auch wegen meiner Art des Bruchs, die hier drin mit Abstand die harmloseste ist. Ich bin ein Gewinner!

Ich habe eine stabile Beckenfraktur, Typ A, linksseitig. Einmal ordentlich und gerade zerteilt, nach dem kleinen Unfall mit dem Schlitten und der etwas steilen Rampe, die ich für meine Neffen gebaut hatte und ihnen dann zeigen wollte, wie viel Spaß das machen wird.

Herrmann, mit dem ich Füße an Füße liege, hat eine Typ B-Fraktur, auch *Open Book* genannt, weil sich die Beckenschaufeln jetzt nach außen aufklappen lassen … ließen, wenn nicht noch Teile Herrmanns drum herum lägen. Die anderen armen Gestalten neben uns haben einen Bruch vom Typ C, rotationsinstabil und vertikal instabil. Die muss man erst mal ordentlich ausschaben und ihnen ganz neue Ersatzteile einsetzen, wenn das noch mal klappen soll mit der selbstbestimmten Fortbewegung. Das hat alles der Arzt gesagt, ziemlich wortwörtlich, als er zuletzt bei uns war, vor etwa einer Woche. Ich glaube, es war sogar an Heiligabend. Seitdem läuft der Betrieb ein bisschen auf Sparflamme. Der Chirurg, der uns operieren sollte, macht Urlaub auf Fuerteventura, sein Stellvertreter hat sich beim Schlittenfahren das Becken gebrochen. Es ist ein wirklich schöner, schneereicher Winter draußen. Und sehr kalt. Aber in unseren Gipsbetten sind wir sicher.

Der Zivi kommt wieder rein und bringt eine neue Urinflasche. Zu meiner Zivi-Zeit haben wir die mitgehen lassen und sie im Wohnheim in Trinkspiele eingebunden. Wir hatten ja sonst nicht damals. Die Zeit vertrieben wir uns mit Rollstuhlrennen, Wetten auf den nächsten Toten, saufen aus Urinflaschen und gelegentlichen Ausflügen in die

Homoerotik. Ich war in einem katholischen Krankenhaus.

»Ich hab's mir überlegt«, sagt der Zivi. »Ich werde Sie nicht duzen, aber ich leiste Ihnen gern Gesellschaft. Sie sehen so einsam und traurig aus, und immerhin ist heute Silvester. Wir könnten zusammen *Dinner for One* schauen. Das kommt gleich zum vierten Mal heute.«

Ich werde wieder wütend und werfe eine weitere Orange nach ihm. Diesmal treffe ich.

»Das sag ich!«, ruft er und rennt raus.

»Huch, war was?«, sagt Herrmann, der wohl grade aufgewacht ist.

»Ich hab den Zivi mit einer Orange erwischt.«

»Die heißen heute Bufdis.«

»Ich weiß.«

»Das wird Konsequenzen haben, Typ A.«

»Was soll mir denn schon passieren? Ich lieg hier in meiner Gipshose im Bett und kann mich nicht bewegen. Schlimmer kann's ja wohl nicht kommen.«

»Wirst schon sehen.«

Als wäre Herrmann der Erzähler dieser Geschichte, leitet er mit diesem Satz das Grande Finale ein, das ich so nicht erwartet hätte. Der Zivi erscheint in Begleitung einer robusten Krankenschwester wieder im Zimmer, sie übernimmt das Kommando: »Ich habe gehört, hier kann sich jemand nicht beherrschen? Braucht da jemand eine kleine … Auszeit?«

Leider weiß ich von früher noch ganz genau, was das bedeutet. Sie wird das härteste Mittel anwenden, das einer Krankenschwester ohne ärztliche Anweisung zur Verfügung steht: Die Fixierung.

»Bitte nicht«, flehe ich. »Ich gebe Ihnen ganz viele Orangen!«

»Da hätte er mal früher drüber nachdenken … Ich kenn dich doch!«

»Was? Wie?« Hoppla. Man sieht sich immer zweimal im Leben.

»Du warst doch damals Zivi und hast von den Patienten Geld dafür genommen, dass sie sich an meinen Pullovern aufgeilen können.«

»Daran riechen«, korrigiere ich.

»Mach deinen Mund auf!«, befiehlt sie und greift zu einer Orange.

Ohne nennenswerte Gegenwehr ist ein Patient recht schnell fixiert. Keine zwei Minuten später bin ich nicht nur in der Hüftregion, sondern an vier weiteren Stellen ans Bett gegurtet. Den Kopf kann ich noch ein bisschen drehen, allerdings hat sie mir auch das Kopfkissen weggenommen, sodass mein Sichtfeld von links nach rechts das Waschbecken, die Decke und einen Typ-C-Beckenbruch zeigt. Die Orange hat sie mir aus Fürsorge wieder aus dem Mund genommen, als alles vorbei war. Sie hat sie durch einen sogenannten Ballknebel ersetzt, den ich bislang nur aus schüchternen Ausflügen in die SM-Szene kannte.

»Ordentliche Arbeit«, sagt sie, klatscht sich die Hände ab und geht nach draußen. Der Zivi hinterlässt noch den Hinweis, dass Dinner for One gleich zum fünften Mal liefe, falls sich das jemand anschauen wolle.

»Hab's dir ja gesagt«, sagt Herrmann, als sie verschwunden sind. »Um zwölf kommt übrigens die Stripperin mit der Bierbong. Hab ich gestern noch bei Konrad bestellt.«

Ich hebe als Antwort meinen kleinen Finger.

»Guten Rutsch, Typ A!«, sagt er.

Problem und Lösung

Als mir beim Reinigen der Toilette meine Klobürste in zwei Teile brach, hatte ich ein Problem. Es war durchaus keine sehr teure Klobürste, denn was hat man schon davon, wenn man sich eine sehr teure Klobürste zulegt? Sie zerbricht nicht, das wäre vielleicht ein Argument. Aber darüber hinaus spricht nicht viel dafür! Niemand macht einem Komplimente für die exzellente Auswahl von nötigen Dingen, die alle eh zu Hause herumstehen haben und die nur für einen einzigen Zweck gut sind. Man verschwendet nicht allzu viel Zeit darauf, sich tiefergehende Gedanken bei der Anschaffung von Schuhlöffeln, Spülschwämmen, Gurkenhobeln oder Abziehlamellen für die Duschkabine zu machen, die man vorbildlich die ersten zwei Wochen nach dem Einzug benutzt und sie dann ihrer natürlichen Bestimmung überlässt, dem Verschimmeln in einer Ecke.

Noch nie habe ich jemanden sagen hören: »Als ich eben bei dir auf Klo war, da hab ich mir mal deine Klobürste näher angeschaut. Tolles Ding. Ich überlege, mir das Modell auch zuzulegen. Kann ich die vielleicht mal ausleihen, nur für'n paar Tage, zum Testen?«

Kurzum: Der materielle Schaden hielt sich in Grenzen, als die Klobürste zu Bruch ging. Und irgendwann in der näheren Zukunft würde ich mir eine neue anschaffen müssen, wusste ich, natürlich wieder eine billige. Nun werde ich aber nicht gerne mit derlei Haushaltszubehör in der Öffentlichkeit gesehen, wenn ich es vom Einkauf nach Hause trage, weil ich stets annehme, das schade meinem Ruf. Wozu sitze ich täglich mehrere Stunden in Cafés herum, zwischen Bücherstapeln, die ich um mich drapiere, bedeutungsvoll ins Weite oder die Kaffeetasse blickend, ab und an eine Zeile schreibend und vor mich hin schimpfend? Sicherlich nicht, um dieses wohlgebildete Image des intellektuellen und schrullig erhabenen Schriftstellers dadurch zu zerstören, mich mit einer Klobürste auf offener Straße sehen zu lassen wie irgendwer.

Natürlich kann man nun argumentieren, dass es ja wohl Tüten, Taschen und Rucksäcke gäbe, in denen sich kompromittierende Einkäufe in aller Heimlichkeit in die eigenen vier Wände schaffen lassen. Allerdings wohne ich derzeit auf einer Straße, die, dank der Nachbarschaft – Linksautonome, besetzte Häuser – als offizielles Gefahrengebiet gilt und in der man anlassungebunden nach Lust und Laune von der Polizei kontrolliert und betastet werden darf. Daher kann ich ein wenig nachvollziehen, wie sich Schwarze auch außerhalb meiner Straße fühlen, aber das nur am Rande. Systemimmanenter Rassismus ist ein Problem, das Beschaffen einer neuen Klobürste ist ein anderes Problem. Eines von beiden lässt sich recht einfach lösen. Ich bestellte mir eine neue Klobürste auf Amazon.

Man glaubt gar nicht, wie viele Leute sich Klobürsten auf Amazon bestellen, und vor allem glaubt man nicht, wie viele Leute über diesen Kauf eine Rezension verfassen. Die Top-Klobürste hat 140 Rezensionen und damit doppelt so viele wie alle meiner Bücher zusammen.[2] Was bewertet wird, ist oft erwartbar – Qualität, Design, Ausdauer – und teils erstaunlich: 5 Sterne für »Die Borsten fühlen sich flauschig an.« Eine 1-Stern-Rezension lautet dagegen: »Ich warte mittlerweile seit 5 Monaten auf das Produkt. Hauptsache bezahlen durfte ich!!! Was glaubt ihr, wie mein Klo aussieht?«

Und man fragt sich wie so oft: Sollte man manchen Menschen den Zugang zum Internet nicht einfach verbieten?

Es ginge ganz einfach. Eins, zwei Fragen vor-

2 So sad. Diese selbstironische Pointe soll nachdenklich stimmen. Man sollte endlich etwas dagegen unternehmen!

schalten, bei falschen Antworten gibt es Internet-Verbot für einen Monat und alle hätten mal ein bisschen Ruhe.

Frage 1: *Hat es den Holocaust gegeben?*

A) Ja
B) Nein

Frage 2: *Wo leben Sie?*

A) Bundesrepublik Deutschland
B) In einem von mir selbst ausgedachten Königreich, für das ich mir Spielgeld gedruckt, eine Fahne gemalt und eigene Gesetze geschrieben habe, die für alle gelten, die sich hinter meinen Jägerzaun wagen. Ich erkenne keine Autoritäten außer mir selbst an, zahle keine Steuern und schieße auf Polizisten, wenn sie mir zu nahekommen. PS: Dieser Weg wird kein leichter sein, Mannheim ist geil!

Frage 3: *Sind Sie psychisch in der Lage, drei Sätze in Folge ohne Großbuchstaben und Ausrufezeichen zu schreiben?*

A) Ja
B) SCHAU DICH DOCH MAL AN!!!!! MERKEL, DU SAU!!!!!!

Frage 4: *Schreiben Sie Rezensionen über Ihre Klobürste?*

Leute, die Rezensionen über Klobürsten schreiben, haben auch keine Skrupel davor, geschälte Bananen in Vakuumverpackungen zu kaufen, den Besuch die Schuhe schon im Treppenhaus ausziehen zu lassen und ihren Modehunden Strampelanzüge anzuziehen. Alles Dinge, die man einfach mal überhaupt nicht tut, weil UNGUT. Ausrufezeichen.

Und so bestellte ich mir aufgrund der Rezensionen die billigste Top-Klobürste im Internet, irgendwo anders ging zeitgleich ein Sanitärfachhandel insolvent.

Aber ich, ich hatte ein Problem gelöst.

Grüße bitte

Das Konzept des Grüßeausrichtens habe ich noch nie verstanden. Wenn ich Grüße ausgerichtet bekomme, läuft das meist so:

»Hey, ich soll dir noch liebe Grüße von Wuonghä ausrichten.«

»Von wem?«

»Von Wuonghä.«

»Mhm, danke.«

»Und, willst du nicht zurückgrüßen?«

»Nee. Ich kenn den gar nicht.«

»Aber er meinte, dass ihr euch 2004 mal in Frankfurt kennengelernt und, äh, …«

Sich Grüße auszurichten ist die perfekte Form, ein inhaltsarmes Gespräch mit noch mehr bedeutungsunschwangerer Atemluft zu füllen. Wir haben uns nicht viel zu sagen, aber kennen beide zufällig irgendwen. Lass uns doch über den reden. Und grüße ihn von mir, wenn du ihn nächstes Mal siehst! – Ja, ganz bestimmt.

Letztes Weihnachten, beim traditionellen Vorweihnachtstrinken am 23. Dezember in einer Kneipe in Laufdistanz zu meinem Elternhaus, habe ich die Schwester einer Schulfreundin getroffen. Da die Schulfreundin vier Schwestern hat, wusste ich nicht, wie die Schwester hieß, die vor mir stand. Da ich aber der einzige Bruder meiner Schwester bin, kannte die Schwester der Schulfreundin mich ganz genau – und trug mir auf, ich solle meiner Schwester liebe Grüße ausrichten.

Bei einem unserer zwanzig Weihnachtsessen dachte ich daran und sagte meiner Schwester, eine der Schwestern meiner Schulfreundin ließe sie lieb grüßen. Unerwarteterweise fragte meine Schwester, welche der Schwestern es denn gewesen sei, woraufhin ich antwortete, dass ich das nicht wisse, es aber wohl wahrscheinlich eine sein müsse, die sie besser kennt. Da meine Schwester aber alle Schwestern der Schulfreundin kannte, fragte sie weiter nach: Wie sie ausgesehen habe, mit wem sie unterwegs gewesen sei, ob ihr Kleidungsstil mir eher nachlässig oder modebewusst vorgekommen sei, trug sie billige Schuhe, schielte sie, oder … Schließlich führten wir aufgrund des Grußes, den ich ausrichten sollte, ein zwanzigminütiges, sehr einseitiges Gespräch, an dessen Ende ich immerhin erfahren hatte, dass eine der Schwestern der Schulfreundin ein Kuckuckskind, eine andere lesbisch und eine dritte alkoholabhängig sei, aber der eigentliche Punkt, von wem nun die lieben Grüße bestellt worden waren, war noch immer nicht geklärt. Die Schwester, die vor mir gestanden hatte, hatte auf mich weder sonderlich lesbisch noch genetisch nicht zur Familie meiner Freundin passend gewirkt. Ihren Grad der Alkoholsucht konnte ich auch schlecht beurteilen, dazu war ich zu betrunken gewesen.

»Ist ja eigentlich auch egal«, sagte ich, und nippte am Chantré, den ich mir heimlich in meinen Kaffee gemischt hatte.

»Nein, ist es nicht«, sagte meine Schwester, immerhin wolle sie wissen, wer sie so alles grüßen lasse, das sei wichtig. Wenn sie das nächste Mal der richtigen Schwestern über den Weg laufe, könne sie mit einem lieben Dank für den lieben Gruß wunderbar das Gespräch eröffnen, dann gäbe es immerhin irgendwas zu reden, denn eigentlich rede sie mit keiner der vier Schwestern sonderlich gern. Also stellte sie weitere Detailfragen: Hatte die Schwester, die grüßen ließ, alle zehn Finger? Denn eine der Schwestern war in früher Kindheit einmal ungünstig mit einer Brotschneidemaschine aneinander geraten. Hatte ihre Haut außergewöhnlich geglänzt, denn eine der Schwestern hatte infolge eines schlimmen Sonnenbrandes beim Kreta-Urlaub 1987 einen unnatürlichen Eincremezwang entwickelt. Roch sie nach Katzenfutter? Hatte sie einen leichten S-Fehler beim Sprechen? Sah sie aus, als hätte sie sich im Sommer 2015 im Berghain auf MDMA mitten auf der Tanzfläche von fünf nackten Männern anpissen lassen, just for the fun of it?

»Sag mal, woher weißt du das denn alles?«, fragte ich.

»Na ja, die Leute reden«, sagte sie. »Über dich hört man auch so manches. Stimmt es eigentlich, dass du …«

Die Identität der Schwester war jedenfalls nicht aufzuklären gewesen. Wir gaben auf und überreichten uns emotionslos unsere Geschenke.

»Jetzt weiß ich's wieder«, sagte ich. »Sie hieß Sonja! Sie sagte noch: Aber vergiss nicht, auszurichten, dass die Grüße von Sonja sind. Von Sonja! Das hatte ich ganz vergessen.«

Meine Schwester ließ mich wissen, dass ich ein Idiot sei, da Sonja überhaupt keine der Schwestern meiner Schulfreundin, sondern eine frühere Mitschülerin von mir sei, die sie manchmal auf dem Spielplatz trifft, auf den sie ihre Kinder und Sonja ihren Hund ausführt.

»Ich wusste doch, sie kam mir irgendwie bekannt vor«, sagte ich. Sonja hatte nämlich jahrelang in meiner Klasse mit der Schulfreundin mit den vier Schwestern an einem Doppeltisch gesessen, hatte aber nie viel gesagt. Genauso wie die Schwestern der Schulfreundin. Daher die Verwechslung.

Enttäuscht über meine mangelnde Sozialkompetenz und ihre eben verschwendete Lebenszeit forderte meine Schwester ihr Weihnachtsgeschenk zurück. Danach fiel ihr auch zu Sonja eine wertvolle Zusatzinformation ein:

»Sonja hat sich übrigens mal bei einem Solariumsbesuch die Rosette verbrannt. Seitdem geht sie auf einen leichteren Bräuner. Aber sag ihr nicht, dass du das von mir … ach, das weiß doch eh jeder.«

»Das wollt ich jetzt eigentlich gar nicht … obwohl, na ja, is schon interessant.«

»Ach, da fällt mir ein: Ich soll dir auch noch Grüße ausrichten«, sagte sie, »von einem, mit dem du früher im Turnverein warst und auf dem Flohmarkt Hörspielkassetten verkauft hast.«

»Da war ich acht. Wie hieß er denn?«

»Ich weiß nicht mehr genau. Ich glaube Wuonghä.«

Das Bier ist in der Badewanne, Melanie

»Hallo Melanie, was machst du denn schon hier? Die Party geht doch erst in zwei Stunden ... achso, jaaa, du warst eh schon in der Gegend. Mhm. Na ja, aber, ich muss jetzt noch n bisschen was vorberei... Na gut, komm einfach rein. Ja, Schuhe kannst du anlassen ... Mhm, mhm ... ja, auf ne Gelegenheit, mal ausführlich mit dir zu reden hab ich auch lange gewartet, aber ich muss jetzt leider noch, ähm ... also es müssen noch Eiswürfel in die Badewanne, weil da später das Bier reinkommt. Du kannst ja schon mal ... vielleicht in Maries Zimmer? ... Nee, die is nicht da. Marie holt noch Salzstangen, und Zeugs für ihre Bowle. Aber ihr Zimmer ist ganz gemütlich. Kennst du schon das Poster, das sie innen an der Tür hat? Ganz toll. Geh mal rein und schau es dir ganz in Ruhe an.«

***

»Marie, wann kommst du? Melanie ist da. Ja, *die* Melanie. Hast du die eingeladen? Ja ich doch auch nicht. Genau, Finn war das bestimmt. Der hat ja keinen Geschmack. Ja klar ist das später egal, wenn alle da sind, aber jetzt bin ich allein mit ihr und sie will *reden*. Was soll ich denn machen? Mhm. Ja. Gute Idee. Dann trink ich schon mal n Bier.«

***

»Nee, Melanie, ich brauch wirklich keine Hilfe. Aber … obwohl, vielleicht könntest du nochmal eben zum Lidl gehen und was besorgen für die Party … Na was du magst. Vielleicht ne Limette? Uns fehlen noch Limetten … Oh stimmt, haha, hier liegen ja 20 Stück. Na dann geh doch einfach wieder in Maries Zimmer.«

***

»Meeensch, Marvin, schön, dass du da bist. Die Party fängt doch erst in ner Stunde … Ach, du musst früh wieder los? Ach, es gibt noch ne andere Party heute? Und deshalb ist es ne gute Idee, zu uns zu kommen, bevor alle anderen … Ja stimmt, dann ist der Mettigel noch frisch. Hahaha. Der Marvin, immer ein Späßchen auf den Lippen.«

***

»Hey, Anna-Lena! Komm rein! Pünktlich auf die Minute. Und einen Nudelsalat hast du mitgebracht, das ist ja schön. Da freu ich mich. Wie geht's dir denn so? … Aaah, du hast heute schon ganz viel gelernt. Spannend! … Jaja, man kann nicht früh genug anfangen, wenn die Abschlussprüfung in drei Semestern ist, wem sagst du das? Du, ich hol mir mal noch n Bier. Kennst du eigentlich schon das Poster in Maries Zimmer?«

***

»Hallo.«

***

»Hey.«

***

»Hi.«

***

»Heeeey … ja klar erinnere ich mich. Wir haben doch dieses eine Seminar zusammen. Wusste gar nicht, dass du auch ne Freundin von Marie … Ach, ich hab dich eingeladen? Ja richtig, jetzt weiß ich wieder. Das war doch im … Na ja, egal. Toll auch, dass du deine Mitbewohner mitgebracht hast. Wusste gar nicht, dass es hier so große WGs gibt. Ich hol mir mal noch n Bier.«

***

»Was ist denn das für ne schreckliche Musik hier?«

***

»Wer hat sein Spotify über Bluetooth angeschlossen? Matthias. Der Schlawiner. Wusste gar nicht, dass das bei uns geht. Wenn du ihn wieder siehst, sag ihm doch bitte, dass er sich entkoppeln soll.«

***

»Ja, ich wohne hier. Kommt einfach rein. Schuhe an oder aus, ist egal.«

***

»Ist ja spannend, dass ihr die Schuhe in eurer Wohnung auszieht. Und dass euer Putzplan funktioniert. Da müssen wir später mal ausführlich drüber reden.«

***

»Den Nudelsalat kannst du da drüben zu den anderen stellen.«

***

»Ich finde auch, dass es in der Küche immer am interessantesten ist. Aber unsere Küche ist halt sehr klein … Kann mir mal jemand ein Weinglas da hinten aus dem Regal … Oh. Na macht nix, wir haben ja genug davon. Vielleicht könnte jemand die Scherben …«

***

»Ich hol mir mal noch n Bier.«

***

»Da schau, die Erstsemester. Worüber redet ihr so? Über den kategorischen Imperativ und die Situation in Somalia. Schön.«

***

»Da schau, die Zwölftsemester. Worüber redet ihr so? Wo man was zu rauchen herbekommen kann. Schön.«

***

»Was soll denn *die* Musik jetzt? Wer spielt hier diese 90er-Scheiße. Das ist keine Bad Taste Party.«

***

»Ein Zimmermann auf Wanderschaft. Wir hatten schon Angst, wir müssten die Party diesmal ohne einen feiern.«

***

»Nein, Marco, ich will heute nicht mit dir knutschen … Ja, ich weiß, dass du immer ›ein bisschen schwul‹ wirst, wenn du betrunken bist, das hast du mir schon auf den letzten 14 WG-Partys erzählt.«

***

»Das Bier ist in der Badewanne Melanie … Ich seh auch, dass da grade ne Schlange ist, musst du halt warten … «

***

»Marie! Toll, dass du zu deiner eigenen Party kommst. Um Mitternacht.«

***

»Ich rieche, ihr habt was zu rauchen gefunden … vom Zimmermann! Gut, dass der da ist. Und ihr raucht aus unserem Putzeimer. Tolle Konstruktion. Na, da nehm ich doch mal nen Zug.«

***

»HÖLLE HÖLLE HÖLLE«

***

»Ich will zurück nach Westerland!«

***

»Herr Wachtmeister … Ja, die Musik gefällt mir auch nicht, da haben Sie Recht … Ach so, nur zu laut. Gut, wird geregelt.«

***

»Where did you come from, where did you go? Where did you come from, Cotton Eye Joe?«

***

»Melanie, ich wusste ja gar nicht, dass du so ein Talent hast, Angela Merkel zu imitieren. Sehr lustig. Ach du imitierst sie gar nicht.«

***

»Ich weiß doch auch nicht, warum die Schlange vorm Bad so lang ist, dann klopf halt mal.«

***

»Was ist denn *hier* los? Finn, Marco … In *meinem* Bett?? Muss das sein? … Dann bezieht es danach wenigstens neu.«

***

»Neien, Melanie! Du hattest neulich 20 Minuten Verspätung mit dem Zug. Das ist ja ne Hammergeschichte.«

***

»Friedrich, was machst du da? IN DEN BLUMENKÜBEL? … Ja klar … weil die Schlange vorm Bad so lang ist … da seh ich auch kaum Alternativen.«

***

»Marvin, wolltest du nicht zu der anderen Party? Ach so, die war nicht so gut. Und jetzt sind alle hier, die da waren. Cool.«

***

»Ja, ich wohne …«

***

»Hier hing doch mal ein Spiegel an der …«

***

»Wandmalfarben hast du mitgebracht?! Damit jeder Gast unterschreiben …«

***

»Kann ich hier mal eben …«

***

»Durch die Tür. Ich würde durch die Tür rausgehen. Nein, nicht durch's Fenster, Friedrich. Wir sind im zweiten Sto…«

****

»oooooooo«

***

»Clever, dass du vorher schon all unsere Matratzen aus dem Fenster geworfen hast.«

***

»Wie, das Bier ist alle?«

***

»Nee, ich wohn hier nicht.«

***

»Kennst du wen, der hier wohnt?«

***

»Nee, ich auch nicht.«

***

»Trotzdem geile Party. Super WG hier.«

***

»Kann ich heute vielleicht bei dir schlafen, Melanie?«

Romantik

Stellen Sie sich folgende Situation vor: Zwei Liebende sitzen zusammen in der Badewanne. Der Anlass hierfür ist, dass sie sich vor genau zwei Jahren an einer Tankstelle kennengelernt haben. Sie waren sich sofort einig darin, dass der Spritpreis eine Unverschämtheit sei, in der folgenden Konversation wurden auch die Themen Wetter, Autofarben und nochmals Wetter, diesmal das zukünftige, erörtert und schließlich im klassischen Sinne Telefonnummern getauscht.

Nun sitzen die beiden Liebenden also in der Badewanne. Die Wasseroberfläche haben sie – so kennen sie es aus Filmen – mit Rosenblättern zugestreut, was eine große Sauerei beim Wasserablassen machen wird, aber wenn man Romantik provozieren will, braucht man eben Rosenblätter, da sind sich beide einig. Es war schwer genug, sie zu bekommen, der Liebende hat sie eigens bei verschiedenen Blumengeschäften aus den Auslagen zusammengeklaut, nur für diesen Moment.

Die beiden halten altmodische Sektkelche in Händen, mit etwas gefüllt, das entfernt an Champagner erinnert und die völlig falsche Trinktemperatur hat, aber das wissen die Liebenden nicht. Sonst trinken sie eher Orangensaft aus Konzentrat oder Kuhmilch.

Es gehört eben dazu, so ein *Champagner*, zu romantischer Stimmung, wie sie einem beigebracht wird.

Genauso gehören die Kerzen dazu, die die Liebende liebevoll im Raum verteilt hat, auf dem Klodeckel, dem inneren Fenstersims, der Ablage über dem Waschbecken zwischen Zahnpasta und Rasierer und in der Seifenschale. In Ermangelung ausreichender Teelichtchen musste auch ein solarbetriebenes Grablicht der Mutter aushelfen.

Es läuft Musik. Ja, es wäre sogar vorstellbar, dass ein Streichquartett in der Ecke steht, das, mit Schlafmasken versehen, Chopins *Nocturne* in Es-Dur spielt. Doch die Liebenden können sich kein Streichquartett leisten. Stattdessen läuft eine Peter-Maffay-CD. Das Tabaluga-Lied.

»Hach, es ist so perfekt«, sagt sie. »Es ist einfach …«

Und er macht das, was er im normalen Leben außerhalb der Wanne niemals machen würde, aber was in einer solchen Situation, wie er findet, unerlässlich ist.

»Hach, es ist so perfekt«, sagt sie. »Es ist einfach …«

Er legt ihr den Finger auf den Mund und sagt »Pscht! Sag jetzt nichts.« Und dann, das hatte er eigentlich gar nicht vorgesehen, dann kommt es über ihn.

»Hach, es ist so perfekt«, sagt sie. »Es ist einfach …«

Er legt ihr den Finger auf den Mund und sagt »Pscht! Sag jetzt nichts.«

Und dann kackt er in die Wanne.

Wie wird sie wohl reagieren?

a) Sie überspielt die Situation mit einem Witz, in dem ein U-Boot eine Rolle spielt.

b) Sie greift zu – und sucht nach dem Verlobungsring, den sie erwartet hat.

c) Sie erinnert sich an ihre gute Kinderstube und sagt: »Was soll das, du Spast? Bist du schwul oder was? Mach das weg! Sonst töt ich dich!«

d) Sie verabschiedet sich abrupt *unter einem Vorwand*. Zum Beispiel: »Ach, heute ist ja Samstag und ich habe noch gar nicht Lotto gespielt.«

e) Sie ist plötzlich mit der Gesamtsituation unzufrieden und beendet augenblicklich die Beziehung.

Oder, und das ist natürlich die einzig richtige Reaktion:

f) Sie rettet den Abend, indem sie die Herausforderung annimmt – und dem U-Boot ein noch größeres hinzufügt.

»Was würde ich nur ohne dich machen?« sagt er. Sie zwinkert ihm lüstern zu. In der Wanne entsteht schwerer Seegang. Das ist wahre Romantik.

In der Pianobar

Als sie die Pianobar betraten, war die Hauptattraktion gerade vorüber, die Marlene-Dietrich-Doublette verbeugte sich und ging mit wehendem Rock und unter seichtem Applaus von der Bühne. Der Pianospieler setzte zu einer Jazz-Improvisation an, die das Folgende untermalen sollte.

Sie fanden einen freien Tisch und bestellten. Er einen Old Fashioned, sie einen White Russian. Er fragte sie, ob sie tanzen wolle. Sie sagte: »Fürs Tanzen bin ich noch zu nüchtern.«

Wenig später nippten sie an ihren Drinks. Ihrer hinterließ einen Milchschnurrbart auf ihrer Oberlippe und er fragte nicht erst, ob er ihn ihr hinwegküssen dürfe. Er lehnte sich über den Tisch und tat es einfach.

Als der Drummer mit in die Improvisation einstieg waren ihre Zungen tief im fremden Rachenraum versunken, das Tischchen zwischen ihnen drohte unter seiner Last zu kippen, doch es hielt Stand. Er zog sich aus ihr zurück und fragte: »Heute?«

Sie nickte.

Sie ließen keine Eile aufkommen und leerten die Drinks in aller Ruhe, blickten dabei aneinander vorbei in verschiedene, unbestimmte Höhen, mit einem fast identischen Ausdruck auf dem Gesicht, dem einer buddhistischen Selbstzufriedenheit. Sie zahlten, indem sie einen zu großen Schein auf dem Tisch hinterließen und gingen zu ihr, wo sie sich, kaum angekommen, einmal durch die Wohnung und wieder zurück liebten. So heftig, so animalisch, dass der Kronleuchter der unterwohnenden Nachbarin durch die Erschütterung zu zittern und klimpern begann. Sie, die Nachbarin, nahm sich vor, sich am nächsten Tag zu beschweren und rückte erbost ihre Wärmflasche zurecht.

Aus dieser Nacht erwuchs ein Leben, nach bekannter Wartezeit, und fast so, wie sie sich es vorgestellt hatten. Ein Kind, das schrie, und schrie, und schrie, und schlief, und schrie, in so hohen Tönen, in so schiefen Tönen, die ihr Leben fortan begleiteten. Und es wurde nicht besser, als das Kind endlich sprechen konnte. Denn es hatte eine ganz schreckliche und nervige Stimme. Sein erstes Wort war nicht Papa, nicht Mama, sein erstes Wort war »Schuldenausgleich«. Und es wurde nicht besser. Das Kind aß ausschließlich Spinat und kotzte ihn ausschließlich zur Hälfte wieder aus. Die ganze Wohnung war grün. Und es wurde nicht besser. Das Kind brachte sich selbst lesen und schreiben bei und kommentierte schon mit zwei Jahren unter jedem Facebook-Artikel, gleich zu welchem Thema, mit »Da hat die Regierung mal wieder Mist gebaut! Aber das sind doch alles nur Marionetten. Wir werden von der Wirtschaft regiert. Hier ein Link zu einem dreistündigen Informationsvideo.« Sie hatten ein Anti-Kind gezeugt, ein nerviges Bündel Mensch, das sie verpflichtet waren, bis zu seinem 18. Geburtstag bei sich wohnen zu lassen.

»Damals«, sagte er eines Tages zu ihr, und plötzlich war es ganz ruhig, »Damals in der Pianobar hätte alles ganz anders kommen können.«

Als sie die Pianobar betraten, war die Hauptattraktion gerade vorüber, die Marlene-Dietrich-Doublette verbeugte sich und ging mit wehendem Rock und unter seichtem Applaus von der Bühne. Der Pianospieler setzte zu einer Jazz-Improvisation an, die das Folgende untermalen sollte.

Sie fanden keinen freien Tisch und bestellten an der Bar. Sie ein Wasser mit Zitronenschnitz, er ein kleines Pils. Er leerte es zur Hälfte und beugte sich ganz nah an ihr Gesicht heran.

»Heute?«, fragte er.

»Du hast Mundgeruch«, sagte sie und das Thema war vertagt.

Er leerte das Pils auf einen Zug, bestellte ein zweites, ein drittes, sie einen White Russian und Nüsschen, er ging zum Pianospieler, unterbrach ihn und wünschte sich ein Lied. Als er sich umdrehte, bat sie den Barkeeper, ihr den Milchschnurrbart von der Oberlippe zu lecken. Gegen ein kleines Trinkgeld war er dazu zu bewegen, denn an sich leckte er lieber über richtige Schnurrbärte. Die Band setzte, dem Musikwunsch nicht folgend, wieder ein, und spielte eine sehr, sehr traurige Melodie.

Er verließ die Bar allein und unbemerkt, ging in die weite Welt hinein, Stock und Hut stand ihm gut. Er verdingte sich als reisender Zimmermann, baute tagsüber Dachstühle, ging abends uneingeladen zu studentischen WG-Partys, wo er niemals auffiel, denn jede WG-Party braucht einen Zimmermann, der geheimnisvoll in der Ecke steht und das letzte Bier aus der Badewanne wegtrinkt.

Nach sieben Jahren verlor er die Lust daran, kehrte zurück und eröffnete eine Herrenboutique in Bamberg. Er hatte sich eigens eine Stadt dafür ausgesucht, in der es keine Pianobars gibt, um alte Wunden nicht aufreißen zu lassen. Das Geschäft lief gut. Er wurde fröhlicher, wie auch die Musik, die ihn immer zu begleiten schien. Er verliebte sich über alle kulturellen Grenzen hinweg in ein Mädchen aus Erlangen, das seine Liebe nicht erwiderte, aber eine schwer vermittelbare Schwester hatte, Gisela, die ihm als Basisausstattung durchaus zusagte. Immerhin trank sie keinen White Russian, sondern ausschließlich Brunnenwasser und ab und an 12 Halbe. Er zeugte mit ihr zwei wundervolle Kinder, Zwillinge, die niemals schrien, gerne mit Holz spielten und sehr oft Bitte und Danke sagten, denn das waren ihre Namen.

Sie blieben zu Hause wohnen, bis sie 42 und Elektro-Ingenieurinnen waren. Sie konnten alles im Haushalt reparieren, man musste nur Bitte und Danke sagen, und schon waren sie zur Stelle. Es war ein gutes Leben. Und doch dachte er sich manchmal: Damals in der Pianobar hätte alles ganz anders kommen können.

Als sie die Pianobar betraten, war die Hauptattraktion gerade vorüber, die Marlene-Dietrich-Doublette verbeugte sich und ging mit wehendem Rock und unter seichtem Applaus von der Bühne. Der Pianospieler wollte zu einer Jazz-Improvisation ansetzen, doch ein Schmetterling hatte sich in den Raum verirrt und zog die Aufmerksamkeit aller auf sich. Sie gingen wieder hinaus, weil keine Musik gespielt wurde. Sie waren ja zum Tanzen da, in der Pianobar.

Ein Briefwechsel

Hallo meine Schöne,

du kennst mich nicht. Ich kenne dich dafür sehr gut. Ich beobachte dich schon lange. Nun ist es endlich so weit. Ich gestehe dir: Ich liebe dich. Du wirst mich auch lieben. Dafür müssen wir uns aber erst treffen. Komm bitte morgen um 16 Uhr zur verfallenen Hütte am Waldrand, du weißt schon, hinter der du heimlich Gras anbaust. Es ist übrigens sehr gutes Gras. Du scheinst einen Grünen Daumen zu haben. Unter diesen klimatischen Bedingungen ist es schwierig, richtig gutes Dope zu ziehen. Ich denke immer an dich, wenn ich es rauche. Ab morgen muss ich nicht mehr an dich denken. Wir werden uns sehen, und wir werden uns lieben.

Ich warte. Bis dann.
M.

Meine Schöne,

du warst nicht da. Aber das ist nicht deine Schuld. Ich kannte deinen Terminplan für gestern leider nicht gut genug. Es war sehr vernünftig und vorbildlich von dir, zur Mammographie zu gehen. Vorsorge ist wichtig, auch schon in deinem Alter. War es nicht lustig, als du wieder herauskamst und dein Fahrrad an einer ganz anderen Stelle angeschlossen war als vorher? Ich habe dir eine Broschüre für Sicherheitsschlösser beigelegt, weil ich mich um dich sorge. Machen wir es doch diesmal so: Du suchst den Termin aus, ich werde Zeit haben. Lege das Antwortschreiben einfach in deinen Briefkasten, dort werde ich es finden.

Bis dann,
M.

Meine Schöne,

drei Tage sind vergangen und du hast nicht geantwortet. Es ist nun leider so, dass ich dich einfach unangekündigt besuchen werde, wenn du mir nicht einen Termin nennst. Um dich etwas zu motivieren, habe ich dir Bilder von meinem Geschlecht beigelegt. Er ist nicht sonderlich lang, dafür aber dünn.

Das war ein kleiner Scherz. Sogar ein großer, wie du auf den Fotos siehst.

Ich habe viel Humor, bin gebildet, vielseitig interessiert. Du wirst mich mögen. Von dir erwarte ich keine Bilder, ich kenne deinen Körper. Der neue Saunabereich im Maare-Bad ist richtig nett geworden, nicht? Ein Whirlpool fehlt, damit hattest du recht, als du dich deswegen beschwert hast. Wir haben so viel gemeinsam.

Antworte!
M.

Lieber M.,

ich habe ein bisschen Angst. Aber was hab ich schon zu verlieren? Da du mich seit längerem ausspähst, weißt du, dass ich nicht nur alleine in die Sauna und zur Mammographie und zum Graszüchten gehe, ich bin eigentlich immer allein. Gelegentlich hätte ich gerne jemanden an meiner Seite, ja. Ich mache auch gerne verrückte Dinge. Erst gestern habe ich einen Erdbeerjoghurt gegessen, der schon zwei Tage übers Mindesthaltbarkeitsdatum war. Crazy, ich weiß. Die Kühlkette bei den gefrorenen Erbsen hab ich neulich auch einfach so unterbrochen und war Kaffee trinken. Allein. Ja, wir können uns treffen. Aber ich möchte vorher mehr über dich wissen. Wie alt bist du? Welche Haarfarbe hast du? Hast du noch Haare? Wie siehst du aus, von deinem Penis abgesehen. Er hat übrigens eine interessante Biegung. Ich mag das, diesen Linksschwung. Wie heißt du mit vollem Namen und wie ist deine Adresse und Telefonnummer? Ich finde schon, dass ich das Bisschen über dich erfahren sollte, da du ja alles über mich weißt. Eine gleiche Augenhöhe ist mir wichtig. Wie groß bist du?

Deine Schöne

Hallo, ich wollte nur mal eben loswerden, dass ich es ziemlich dufte finde, dass ihr beiden euch noch echte Briefe schreibt. Grade in der heutigen Zeit. Würde M. seine Adresse rausrücken, müsste er auch nicht ständig hier vorbeikommen, ich übernähme die Zustellung gerne. Er gibt sich ja schon genug Mühe, immer mit den großen roten Umschlägen, die mit, wenn ich nicht irre, *Fleur de Passion* eingesprüht sind. Ist doch so, oder?

Ich finde es so zum Kotzen, ständig nur Werbebriefe von Möbelhäusern und Direktbanken austragen zu müssen.

Liebe Grüße,
Euer Postbote Rainer

Meine Schöne,

wir werden uns so gut verstehen. Wir mögen die gleichen Dinge. Gestern hast du nach einem sehr kurzfristigen Urlaub in Schweden gegoogelt. Auch ich bin totaler Schweden-Fan. Kopenhagen, Helsinki, Oslo, Hauptsache Schweden, sag ich immer.

Du warst außerdem auf Stalker-Notruf.de. Damit kenn ich mich ziemlich gut aus. Wenn dich jemand belästigt, kann ich dir gute Tipps geben. WER IST DAS DRECKIGE SCHWEIN? Ist dir auch schon aufgefallen, dass Sätze, die durchgehend groß geschrieben werden, einem auch akustisch lauter vorkommen als andere? Verrückt. Hier ist meine Telefonnummer, whatsappe mich doch einfach mal locker an: 017056793

Bis dann,
M.

Hallo M, da bin ich. Gute Idee mit WhatsApp!

Hallo, meine Schöne
Wie geht es dir?
Was machst du?
Na?
Antworte doch mal!!??!!
Hey!
Los!!!
Antworte!!!!!!!!!!
Hure!
DRECKIGE HURE
Entschuldige bitte, die letzten beiden Nachrichten waren nicht für dich gedacht.
Ich hoffe, du gibst mir noch eine Chance
Was ist denn los?
Sag doch bitte was!

Ich war eben auf Klo

Ich liebe dich!
Wir müssen uns sehen
Wann hast du Zeit?
Mir würde es heute gut passen.
Jetzt gleich vielleicht?
Ich kann sofort zu dir kommen!!!
Hey, was ist denn?
Bist du wieder auf Klo?
Ich bring dir was aus der Apotheke mit

Ich glaube, wir lassen das lieber

NEIN

Ich liebe dich doch!
Ich liebe liebe liebe dich!
Komm schon
Was willst du sonst machen? Wieder in die Sauna wie jeden Donnerstag?

Na gut.

Was na gut?

Wir können uns treffen,
morgen um 18 Uhr an meiner Hanf-Hütte

Wirklich?

Ja.
Aber nur, wenn du jetzt aufhörst zu schreiben.
Du nervst ein bisschen.

Okay
Super
Ich freue mich
Ich liebe dich!
Ich kann bestimmt nicht schlafen, so aufgeregt bin ich
Ich freue mich sehr
Das wird sehr schön
Na gut, dann hör ich mal auf zu schreiben
Bis morgen!
Freue mich
Ich liebe dich
Schlaf gut
Bis dann!

Bist du noch da?

Hallo M.,

ich kann nicht unbedingt sagen, dass ich unser Treffen schön fand, aber ich fand es interessant. Ich dachte mir schon, dass du etwas aufbrausend werden kannst. Ganz so doll hättest du mich aber nicht würgen müssen. Trotzdem hat es mir ein bisschen gefallen. Vielleicht redest du beim nächsten Mal auch mit mir und nimmst deine Skimaske ab, hm?

Ich will dich wiedersehen. Was machst du morgen?

Deine Schöne

Damit hätt ich jetzt aber nicht gerechnet.

Grüße,

Postbote Rainer

Schlaflied

Intro:

Die schlafen. Die schlafen einfach. Jede Nacht machen die das Gleiche. Die schlafen. Schlafen.
Auf dem Bauch, auf dem Rücken, der Seite,
im Löffelchen, im Bett, im Zelt,
auf der Straße.
Die schlafen.
Alle schlafen.
Alle schlafen gleich.
Gestapelt in Hochhäusern, in Hotels, in Stockbetten, in Wohnblocks, in so vielen Wohnungen, die durch so viele liebevolle Details individualisiert worden sind. Die sieht aber keiner, wenn alle schlafen. Außer dem Einbrecher. Und der schläft auch irgendwann, in seiner eigenen, hübsch eingerichteten Wohnung mit liebevollen Details. Neben der Brechstange hängt eine Portraitaufnahme von Erich Honecker.

Refrain:

Wenn sie nicht schlafen, die Menschen, tun sie alles dafür, um sich voneinander zu unterscheiden, sich abzuheben, durch den ein oder anderen Farbstrich mehr bunter zu sein als der Rest.
Alle sind so –
alles ist so –
individuell.

Strophe 1:

Es existiert die gefestigte These, dass jeder Mensch mindestens zwei Doppelgänger auf der Welt hat. Wie individuell kann dann eine Wohnungseinrichtung sein? Sind sie Chancen, dass sich zwei Menschen irgendwo auf der Welt ihre Wohnung genau gleich eingerichtet haben, nicht sehr hoch? Man bedenke nur die Häufung der Wohnungseinrichtungsphänomene

- Toilet-Cam-Poster
- Two-Girls-kiss-Poster
- Bauarbeiter-auf-Stahlträger-über-New-York-Kunstdruck
- Die Dalí-Uhr in allen Variationen
- Keep-calm-and-carry-on-Holzschild
- Fußmatte »Hello/Goodbye«
- Billy-Regal

Individualismus 1:

»Ich hab mir hier mal so eine freche Solar-Lichterkette ans Fenster gehängt. Diese Lichterkette, das bin einfach ich.« Ja genau. Genauso ist diese Lichterkette 20.000 andere, die sich den gleichen IKEA-Scheiß ins Fenster hängen, auch wenn nicht Weihnachten ist.

Individualismus 2:

»Das Tischchen hier, das ist ein Unikat. Da bin ich total stolz drauf.«
»Hmm … sieht aus wie eine umgedrehte Weinkiste.«
»Ach Quatsch, das hat 90 Euro gekostet. Das ist schon besonders.«
»Es ist eine umgedrehte Weinkiste.«

Individualismus 3:

»Also, Penelopé-Beyoncé-Lotte, pass auf, das war eine ganz, ganz tolle Vorstellung, aber leider bist du nicht in der nächsten Runde. Du hast bestimmt ganz viele tolle Talente, aber singen gehört nicht dazu. Du musst einfach hart an dir arbeiten, du weißt, bald ist dein zehnter Geburtstag und man wird nicht jünger. Trotzdem: Du bist etwas ganz Besonderes und du hast eine ganz, ganz starke Persönlichkeit. Mach was draus, Penelopé-Beyoncé-Lotte, du willst doch mal Star werden, in irgendwas.«

Refrain:

Wenn sie nicht schlafen, die Menschen, tun sie alles dafür, um sich voneinander zu unterscheiden, sich abzuheben, durch den ein oder anderen Farbstrich mehr bunter zu sein als der Rest.
Alle sind so –
alles ist so –
über-individuell.

Strophe 2:

Da sind alle dabei, bei dieser Individualität.

Individualität
In die – wie du – man leicht gerät.
Individualität; was ist das eigentlich?
Es ist Individualität

Wie durch man sich sein Rumpsteak brät
Wie kurz man seinen Rasen mäht
Wie oft man ungefragt berät
Wie bunt man seine Jacke näht
Wie sehr man sich den Bauch aufbläht
Wie man zu Haus sein Beet besät
Wie weit man mit den Reimen gäht

Und wie man seine Haare trägt

Kürzere Haare, längere Haare, gar keine Haare auf dem Kopf.
Kürzere Haare, längere Haare, gar keine Haare im Gesicht.
Kürzere Haare, längere Haare, gar keine Haare an den Private Parts.

Diese Saison mehr Haut,
diese Saison mehr Haarreifen,
diese Saison mehr Querstreifen.
Diese Saison mehr handgemachte Seifen.

Individualismus 4:

»Handgemachte Seifen, ja sicher, statt all diesem industriellen Zeug, was da alles drin is, Chemikalien und so. Das Gleiche, was du in so nem Flüssigseifenspender findest, war auch in der Atombombe, ja? Also damit kann ich mich wirklich nicht identifizieren. Man muss doch auch mal so ein bisschen ein Statement setzen, da zahl ich auch gern 20 Euro mehr!«

Refrain:

Wenn sie nicht schlafen, die Menschen, tun sie alles dafür, um sich voneinander zu unterscheiden, sich abzuheben, durch den ein oder anderen

Farbstrich mehr bunter zu sein als der Rest.
Alle sind so –
alles ist so –
hyper-individuell!

Individualismus 5:

»Und in diesem Essen, da ist jetzt gar kein Ingwer, oder wie?«
»Das sind Spiegeleier.«

Individualismus 6:

»Was hast du denn da für ein komisches Tattoo?«
»Hähä, ja, eigentlich sollte da mein Geburtsdatum stehen, aber der Tattoo Artist hat sich n bisschen verschrieben. Jetzt steht da *Ficken 3000*, aber auf Römisch.«
»Mhm.«

Individualismus 7:

»Ich hab ja jetzt so nen Impro-Theater-Kurs besucht, um meine kreative Seite … und so. Wir sollen jede Gelegenheit zum Üben nutzen. Gib mir einfach einen Ort, eine Stimmung und eine Situation, ich mach da was draus.«
»Bett, müde, nichts.«

Outro:

Ich finde das alles so anstrengend.
Diesen Drang, sich ständig abzuheben.
Diesen Drang, ständig Schwachsinniges zu tun, weil andere das dann gut finden könnten.
Ich finde es eigentlich gut, wenn alle schlafen.
Weil es dann keine Unterschiede gibt.
Außer einer schnarcht zu laut.
Dann sollte man dem so ne Schnarchmaske aufsetzen.
Aber eine, die zu ihm passt, so farblich und förmlich.
Ganz individuell eben.

Jetzt bin ich müde.

Zugabe:

DIE GEHEIMNISVOLLSTEN ORTE ALLER GEHEIMNISVOLLEN ORTE

Die Damentoilette

Als Veranstalter vielerlei Events kenne ich mich mit verschiedenen Erscheinungsformen von Menschenansammlungen gut aus. Aus historischen und praktischen Gründen hat es sich für die Zuschauerschaft bewährt, die Schlangenform anzunehmen, während sie sich wartend gruppiert. Dabei muss man penibel unterteilen, denn es gibt gute und schlechte Schlangen.

Die Einlassschlange zählt zu den guten, solange sie sich um die nächste Gebäudeecke windet. Für den Veranstalter kann sich kein schöneres Bild abzeichnen als jenes vom nicht sichtbaren Schlangenende, wenn er zwanzig Minuten vor Einlass verstohlen aus dem Fenster im zweiten Stock lugt. Es gibt legendäre Einlassschlangen, etwa die vor dem Substanz in München, wenn dort ein Poetry Slam stattfindet. Man erzählt sich, die Schlange habe sich schon einmal um den kompletten Häuserblock gewunden und sich selbst in den Schwanz gebissen.

Eine ungute Schlange ist die Damenklowarteschlange, denn sie ist so mysteriös wie unkalkulierbar. Eine angesagte Pausenzeit von 15 Minuten lässt sich nicht einhalten, wenn sie, die Schlange, nach 15 Minuten noch 50 weibliche Personen umfasst. Es ist unmöglich, eine Show fortzusetzen, wenn die Schlange sich noch nicht selbst abgebaut, quasi recycelt hat. Denn: Eine schlechte Veranstaltungsbewertung einer meinungsstarken Frau (»Es ging weiter, bevor ich aufs Klo konnte. Ich lasse mich nicht gern so hetzen. Am nächsten Sonntag bleibe ich wieder zu Hause und schaue den Tatort! Da ist es egal, wenn ich mal 5 Minuten lang nicht da bin, hab ich eben die persönlichen Probleme der psychisch breit aufgestellten Kommissarin nicht mitbekommen.«) macht ein Dutzend positiver Bewertungen (»Es war okay«, »Na ja«, »Immerhin billiges Bier«) zunichte.

Nur wenige weibliche Mutige vollziehen den an sich logischen Schritt, sich gegen die Konvention zu stemmen und eine der Kabinen im Männerklo aufzusuchen. Da ist nach den ersten fünf Minuten Pause sowieso nichts mehr los und ich spreche stellvertretend für alle Angehörigen meines biologischen Geschlechts, wenn ich sage: Niemand hat was dagegen!

Auf Männertoiletten herrscht nicht gerade die beste Partystimmung, alles, was dort getan wird, ist schweigen und verkrampft gradeausstarren. Man ist überaus froh, wenn man im Pissoir ein kleines Fußballtor mit an der Latte baumelndem Ball oder eine aufgemalte Fliege vorfindet, damit man sich selbst beschäftigen kann und nicht Gefahr läuft, Blickkontakt mit irgendwem oder irgendwas aufnehmen zu müssen. »Man kann nicht nicht kommunizieren«, sagte einst Paul Watzlawick. Er hätte sich häufiger auf öffentlichen Herrentoiletten aufhalten sollen, dann hätte er schon gemerkt, wie das geht.

Jede spontan dort erscheinende Frau wiederum hat die Macht, die Mauer der dumpfplumpen Stille, zusammengehalten vom Mörtel des Räusperns und Plätscherns, mit einem Fingerstreich einzureißen.

Noch Wochen nach dem seltenen Ereignis des Damenbesuchs erzählt man sich dann auf der Herrentoilette die abenteuerlichsten Geschichten:

»Hier war neulich eine Frau.«

»Eine echte Frau?«

»Ja, im Februar war das.«

»Wie war sie so?«

»Ganz normal, eine Frau halt.«

»Wow, was hat sie gemacht?«

»Sie ist aufs Klo gegangen.«

»Wirklich? Hier bei uns?«

»Mhm. Zweite Kabine.«

»Ich werd nicht mehr! Dass ich das verpasst habe.«

Andersherum stellt der Herrenbesuch auf der Damentoilette ein absolutes Ding der Unmöglichkeit dar, und nicht zuletzt ist er ja auch komplett sinnlos. Wer will sich schon eine Stunde lang anstellen, um sich am Ende hinsetzen zu müssen? Daher ranken sich in den Herrensalons der Republik die wildesten Gerüchte, wie es dort drinnen wohl zugehen und aussehen mag. In meiner Vorstellung rangierte die durchschnittliche Damentoilette lange Zeit auf einer Augenhöhe mit 4-Sterne-Hotelrezeption und Wellnessbereich: Im Empfangsraum sind Korbsessel um einen Glastisch drapiert. Es werden Zeitschriften gereicht. Auf dem Servierwagen nebstan frisch aufgebrühter Tee und ein Sektkühler. Nüsschen- und Obstschalen stehen im Raum verteilt. An den Wänden hängen gerahmte Werke der alten Meister. Auf einer kleinen Bühne steht ein Kinderchor, der mit Blockflöte, Bratsche und Glockenspiel eventuell auftretende Geräusche akustisch übermalt. Es wird Konversation über Kunst und Kultur betrieben. Beim Händetrocknen wechseln Visitenkarten wie nebenbei die Besitzerinnen.

Diese in Teilen wohl etwas romantisierte Vorstellung wurde durch eine Detailschilderung einer Freundin jäh zunichte gemacht. Zitat: »Ein Frauenklo ist der größte Saustall, den du dir vorstellen kannst.« Ohne weiteres Nachfragen erklärte sie mir, dass sie selbst noch nie im Leben auf der öffentlichen Toilette Platz genommen habe, da »die Brillen sowieso alle völlig verpisst sind«, sie stattdessen immer Einwegschuhüberzieher dabeihabe, die sie sich über die Schuhe streife, um sich hockend auf der Klobrille zu platzieren, um »irgendwie zu treffen, vielleicht.« Ganz nebenbei enthüllte sie mir so auch das Geheimnis, weshalb Frauen gerne zu zweit aufs Klo gehen, denn »irgendjemand muss einen ja stützen, sonst fällt man runter.«

Und plötzlich ergab für mich alles einen Sinn. Wenn jede einzelne Frau in der Schlange dort drinnen minutenlange akrobatische Übungen vollführt, wobei sie all ihr Können aus den Schwebebalkenstunden im Sportunterricht auf den Punkt abrufen muss, muss erstens die Sache mit dem starken Geschlecht völlig neu überdacht werden. Und zweitens ist es völlig klar, dass eine Pause niemals rechtzeitig beendet werden kann.

Dorfdisko

Es waren die frühen Nuller Jahre, es war auf dem Land und es war Samstagabend. Zu einem Club sagte man noch Diskothek und es gab nur eine im Umkreis von 100 Kilometern. Die Abendplanung war gemacht – vor 22 Uhr halber Eintritt – trotzdem traf man sich vorher zum Vorglühen. Gerne gen Nachmittag. In seiner Dorfdisko, da war man aufgehoben, man kannte sich aus, und immer, immer wieder ging die Sonne auf. Doch davor war Samstagnacht.

Die Diskothek war aufgebaut wie eine Stierkampfarena. Inmitten, auf der Tanzfläche, fanden die Kämpfe statt. Die Kämpfe mit dem eigenen Gleichgewichtssinn, dem Tanzpartner oder dem Songtext, den man sich zwar vorgenommen hatte mitzusingen, in Ermangelung der firmen Textkenntnis aber hauptsächlich die Lippen unverfänglich bewegte, ab und an einfach »Whooow« ausstieß und zu den letzten drei Worten des Refrains schließlich mehr oder weniger gekonnt einstieg …

- »Apatschen latsch heim torn«[3]
- »Häbädädörs, hibidada, Entertainers, hello, hello, hello, hello«[4]
- »Oooooh, Arschloch!«[5]

Um die Arena herum verfolgten die Zuschauer das Spektakel, guckten sich einzelne Ziele für den späteren Abend heraus, unterhielten sich in überhöhter Lautstärke direkt vor den brachial schallenden, bassbrummenden Boxen über gemeinsam Erlebtes und zukünftig Geplantes oder starrten, wenn sie niemanden zum Anprosten, Anmachen, Anschreien gefunden hatten, mit leerem Blick auf die sich über all dem Spektakel in sich ruhend drehende, Kontinuität und Lichtbrechungen ausstrahlende Discokugel und warteten darauf, dass jemand das Smartphone erfinden würde, um niemals mehr auf einem Barhocker abgestellt in der Ecke sitzen zu müssen, sondern den Anschein er-

---

3 Die große Nathalie Imbruglia mit ihrem Welthit »Torn«

4 Die großen Nirvana mit ihrem Welthit »Das eine von Nirvana«

5 Die erfolgreiche Coverband »Die toten Ärzte« mit dem Besten von früher

wecken zu können, mit sich selbst im Reinen und beschäftigt zu sein.[6]

Zwischen all den Tanzenden, Feiernden, Trinkenden fiel der einzelne völlig zurück, das Auf- und Untergehen im sich selbst befeiernden Kollektiv war das Ziel, die Party des Jahrhunderts, immer wieder, Samstag für Samstag, so wie es schon ein großer Philosoph unserer Zeit einst ausdrückte: »Hoch die Hände, Wochenende!«

Schließlich wollten alle nur eines: Am Montag darüber reden, was sie erlebt, wen sie gesehen hatten. Gesehen hat man sowieso immer die gleichen. Das führte zu so wunderbaren Unterhaltungen wie:

»Hey, lang nicht gesehen.«

»Ja.«

»Weißt du noch, wie wir damals zusammen im Sandkasten gespielt haben, als wir vier waren?«

»Ja. Du hast mich immer mit Sand beworfen.«

»Tschuldi. Wollen wir knutschen?«

»Äh.«

---

6 Sie lasen den längsten und meiner bescheidenen Meinung nach poetischsten Satz des ganzen Buchs. Lesen Sie ihn doch nochmal, wenn er zu kompliziert war. Er ist echt schön. Warum schreibe ich nicht öfter solche Sätze? Das würde mir viel mehr Literaturpreise und Besprechungen im Magazin der Süddeutschen einbringen … Aber ist es das wirklich wert?

»Ich geb dir auch nen Tequila aus.«
»Okay.«

Wen man aber außerhalb der Dorfdisko niemals sah, war der DJ. Sein Name war *DJ Heckenschere*, von allen freundschaftlich »Hecke« genannt, ohne dass man je mehr als drei Worte mit ihm gewechselt hätte. Mehr war nicht bekannt. Es rankten sich die wildesten Gerüchte um ihn. Naheliegend waren die Behauptungen, er sei Landschaftsgärtner, aber es konnte nie bewiesen werden. Nur die wenigsten hatten eine Landschaft, und die Rich Kids sprachen nicht mit dem Personal. Einmal erzählte jemand herum, Hecke habe früher in Ost-Berlin gelebt, was ohne jegliche Zusatzinformation dazu ausreichte, um ihn als ganz wilden Gesellen abzustempeln, und als Stasi-Spitzel. Andere behaupteten, Hecke sei der Besitzer der Disko. Mit ein klein wenig Nachdenken konnte man diese These widerlegen, denn er musste sich anstellen, um seine Getränke zu bekommen. Er bestellte immer gleich: »Mach mir mal ne Mischung.« Die Mischung strahlte grell, gelblichgrün im Schwarzlicht, die Ingredienzen blieben genauso geheim wie Heckes Dasein außerhalb der Disko. Aber hätte es seinem Image tatsächlich geholfen, wenn man ihn je woanders gesehen hätte als hinter seinem DJ-Pult? In von Farbspritzern befleckter Latzhose, eine Leiter auf der Schulter tragend? In marineblauer Uniform beim Anheften von Strafzetteln an Windschutzscheiben? Sicher nicht. Es hätte alles zerstört. Hecke, wo auch immer du bist (wenn du noch bist): Bleib dort! Der Weihnachtsmann ist auch nur so lange interessant, bis man an auf seinem Schoß sitzend an seinem Mariacron-Atem bemerkt, dass es nicht der Weihnachtsmann, sondern Onkel Ingmar ist. Oh, dieser Schmerz, er wirkt noch immer nach!

Pünktlich um Mitternacht wurde in der Dorfdisko die Deutschrockstunde eingeläutet, die sich immer etwas ausdehnte. Direkt im Anschluss, gegen halb 3, schließlich das Highlight für all die Hängengebliebenen, um die letzten Kräfte zu mobilisieren: Die Wunschstunde, die sich ebenfalls immer etwas ausdehnte. Etwa so lange, bis das Putzlicht und die großen Besen der Reinemachtruppe die letzten Partyleichen hinaustrieben. Ganz anders als moderne DJs, die sich als Künstler vor allen Herren verstehen, weil sie ein Lied gekonnt an das andere reihen können und sich verbitten, auf Wünsche des einfachen Volks einzugehen – gerne auch mit an die Wand geschraubten Blechschildern mit dem Aufdruck »Wer sich was wünschen will, fliegt raus« – war DJ Heckenschere durch nichts mehr zu begeistern als durch einen Musikwunsch, den er erfüllen konnte. Der Ideenlosigkeit des Publikums geschuldet, wurde sehr oft Britney Spears gespielt, nebst DEM Hit unserer

Dorfdisko, den ich noch nirgendwo sonst öffentlich abgespielt gehört habe, der aber mein Leben und Dasein mehr geprägt hat als *Self Esteem* von The Offspring: *Ich bin dein Co-Pilot* von Matthias Carras.[7]

Wurde zum ersten Mal der Co-Pilot gegeben (denn er wurde nie nur einmal, sondern immer sehr oft gegeben) drehten sich die Reifröcke, wenn schon modebedingt nicht auf der Tanzfläche, dann doch mindestens in den Köpfen, die beliebten Halblitergetränke Masterblaster und Wodka Red Bull schwappten beim Anstoßen ineinander über; um die letzte Power in sich abzurufen, wurde an der Bar eine Vielzahl Espressi geordert und darauf gewartet, dass jemand Club Mate erfinden würde.[8] Die ältere Garde der Zuschauer rückte näher ans Geländer der Tanzfläche und gab ihre Kommentare über die unkontrolliert herumhüpfenden Bauernmädchen ab: »Ein steiler Zahn«, so wurden sie betitelt, »eine kesse Hupfdohle«, »ein ganz, ganz süßes Mauserl.« Die eine oder andere ließ sich im Anschluss dazu hinreißen, ihren Traktor auf der Heimfahrt zu teilen.

---

7 »Ich bin dein Co-Pilot, will mit dir fliegen. Dein Co-Pilot legt dir die Welt zu Füßen. Ich schnall dich an, wir heben einfach ab.«

8 Sie lasen den zweitpoetischsten Satz des Buches. Bitteschön.

Und dann war es irgendwann vorbei, so zuverlässig wie es begonnen hatte. Die Lochkarten[9] wurden an der Kasse abbezahlt, die letzten acht Getränke bereut, und man machte sich auf den Heimweg, der für niemanden länger als 20 Minuten dauerte. Woche für Woche, Samstag für Samstag für Samstag für Samstag. Und es war gut so. Für uns, die Dorfjugend, war die Dorfdisko alles. Die nächste Dorfdisko nichts. Die nächste Großstadt ein Abenteuer, weil es dort einen McDonald's gab, weil alles größer war und eine Straßenbahn fuhr. (Eine Straßenbahn!)

Als die Dorfdisko schloss und einer McDonald's-Filiale wich, wurde eine Welt zerstört. Eine intakte, in sich geschlossene, funktionierende Welt, in der man seinen Stammplatz hatte, an dem man Sambuca an der Bar bestellte. Für die meisten, für die, die in andere Diskos gingen, war diese Welt nichts anderes als eine ganz, ganz kleine Fußnote[10] und schnell vergessen.

Manche derer aber, die nichts anderes kannten und kennen lernen wollten, waren komplett verloren. Sie trafen sich von da an an der örtlichen Bushaltestelle. Manche von ihnen sind dort noch immer.

---

9 »Beim Verlust einer Lochkarte ist der volle Kartenwert von 80 Mark zu bezahlen« – ich sehe das Warnschild noch immer in meinen Albträumen

10 So wie diese hier.

Bushaltestelle

Die örtliche Bushaltestelle. Sehnsuchtsort und Sammelplatz für gesellschaftliches Strandgut. Die Bushaltestelle lädt zum Verweilen und Träumen ein. Alles ist möglich von hier aus, die Welt, sie steht am Horizont und winkt. Von Fernweh geflutet sitzen sie da, die hohen Vertreter der Paria, die mit viel Zeit und wenig Skrupel, sie zu vergeuden, halten Hof und Zweiliterfaxe, und eigentlich, wenn man ehrlich ist, dann wohnen sie hier mehr als zu Hause und wollen auch gar nicht weg.

Man könnte.

Man könnte einfach einsteigen, ja, das wäre was, das wäre mutig, schon kurze Zeit später stünde man … an der nächsten Bushaltestelle, denn es gibt zwei im Ort. Und viel weiter will man ja nicht fahren, weil man sich dann nicht mehr auskennt und man wüsste auch nicht recht wohin mit sich, denn es ist ja immer besser wenn man alles um sich herum kennt und die Leute einen auch und man *hallo* sagt zu den Leuten, denen man immer *hallo* gesagt hat und zu anderen eben nicht, weil man Gründe dafür hat, *weil der Manfred 1986 im Schützenhaus, ihr wisst schon, das war ne Sache, nee, den grüß ich nie mehr auf der Straße, den Manfred, sowas kann man sich nicht leisten, was er da abgezogen hat mit der Gudrun. Gut, dass der Manfred jetzt Krebs hat, das geschieht ihm ganz recht.* Das sagen sie an der Bushaltestelle.

Und dann kommt der Bus. Die Tür öffnet sich mit einem Bffff. Der Fahrer hat extra gehalten, weil da welche sitzen, denn er muss halten, wenn da welche sitzen, den Stopp-Knopf hat niemand gedrückt. Die, die da sitzen, drehen sich weg und nehmen einen großen Schluck Faxe, bis die Tür wieder zugeht. Bffff. Und weg ist der Bus. Und man redet wieder:

Er: »Der hatte vier Minuten Verspätung.«
Sie: »Unverschämt so was. Immer die Kackbusse, Mann. Immer Verspätung.«

…

Er: »Was machen wir denn jetzt?«
Sie: »Machen wir doch das, was wir immer machen. Gehen wir zu dir und bumsen.«
Er: »Nee, du, geht nicht, Mutti hat heute das Bett.«

Sie: »Dann bumsen wir eben hier. Der nächste Bus kommt erst in ner Stunde.«

Er: »Ja gut.«

Telefonzelle

Deutsche Innenstädte sind fantastisch. Es gibt so viel in ihnen zu entdecken. Jede einzelne hat sich ihren eigenen Charme bewahrt.

In Nürnberg zum Beispiel kommt, vom Bahnhof aus gesehen, erst der Subway, dann der H&M, dann Burger King, dann Dunkin Donuts.

In Lübeck ist der Burger King vor dem H&M, dann erst Subway, nebenan Starbucks, Dunkin Donuts ist um die Ecke.

In Stuttgart liegen zwischen H&M und Burger King ein McDonald's und ein O2-Shop, der wiederum in Krefeld die erste Position einnimmt, vor Burger King, dann C&A, dann Starbucks, dann erst H&M.

In Kassel begrüßt McDonald's und zum Starbucks muss man drei Minuten laufen, vorbei am O2-Shop, H&M, Burger King und Dunkin Donuts.

In Bamberg befinden sich H&M, Subway und Dunkin Donots sogar in völlig verschiedenen Straßen, rund herum um den O2-Shop und C&A.

Im Ulm kam ich ins Stocken. Keine zwei Minuten vom Bahnhof (mit Subway, McDonald's und Yorma''s) entfernt sah ich etwas, das wie aus einer anderen Zeit schien, das das übliche, moderne Innenstadtbild aufs Entschiedenste störte. Links die Straße entlang, halbe Strecke zum Theater, einsam, manifest und unbeachtet, steht dort: eine Telefonzelle. Eine von den *neuen*, keine gelbe von der Deutschen Post sondern eine *moderne*, graue von der Deutschen Telekom, irgendwann in den Neunzigern platziert. Eine der letzten ihrer Art. Mit richtigen Wänden, aus Glas, drei Stück, und einer Tür, aus Glas, schalldicht. Fantastisch, dachte ich, dass es das noch gibt. Der eigentliche Zweck von Telefonzellen hat sich ja längst erübrigt. Man sucht sie weit häufiger auf, um sich vor entlaufenen Löwen aus dem Zirkus in Sicherheit zu bringen als um in ihnen zu telefonieren. Die Welt hat sich weiter gedreht, aber diese Telefonzelle hat den Fortschritt einfach ausgestanden. Ohne dass noch irgendjemand von ihr Gebrauch macht, steht sie dort, seit zwanzig Jahren, trotzt Wind und Wetter und wartet darauf, benutzt zu werden. Wie eine in die Jahre gekommene Prostituierte.

Erfüllt von Ehrfurcht öffnete ich die Tür und trat ein. Innen war die Zelle genauso groß, wie sie von außen schien. Doctor Who vermittelt da ein völlig falsches Bild, aber das nur am Rande. Was ich vorfand, kam mir seltsam vertraut vor. Ein pinker Hörer zum Abnehmen an einer metallenen Schnur. Ein Zifferneingabefeld *ohne* den Hinweis, dass von dieser Zelle auch SMS verschickt werden können. Kein Schlitz für Telefonkarten. Es war tatsächlich eine Telefonzelle, die nur dazu gedacht war, gegen Einwurf von Münzgeld telefonieren zu können. Mit Telefonbüchern, intakten Telefonbüchern, unbeschmiert. Ich war mir sicher: seit Jahren war niemand mehr in dieser Zelle gewesen. Und doch nahm ich etwas höchst Individuelles wahr. In den zwei Kubikmetern Luft hing ein leichter Hauch von *Oil of Olaz*, einem Altfrauenparfum, das die letzte Telefonistin damals im Jahr 2003 getragen haben musste. Ich nahm vorsichtig den Hörer ab – und hörte: nichts. Mit zittrigen Händen wühlte ich in meiner Tasche nach Kleingeld, fand ein Zwanzigcentstück, warf es in den Schlitz und hörte: Ein Freizeichen. Sie funktionierte noch. Sie erfüllte noch immer ihren Zweck, obwohl sie bis auf ein paar Freaks keiner mehr haben will und braucht. Wie eine in die Jahre gekommene Prostituierte. Wie das Bühnenprogramm eines Kabarettisten, dessen Highlights noch immer die Parodien auf Helmut Kohl und Inge Meysel sind. »*Was würde Inge Meysel selig dazu sagen?*« Ja, was würde sie dazu sagen? Inge Meysel, die, wie man sagen muss, *große* Inge Meysel, obwohl sie sehr klein war, was würde also die große Inge Meysel dazu sagen, dass sie noch immer parodiert wird? Sie würde sagen: »Fick dich, dazu würd ich gar nix sagen, du Lurch. Lass mich in Ruhe und dir mal was Neues einfallen, ich bin seit über einem Jahrzehnt tot, du Spast. Join me!«

Und trotzdem führt der Kabarettist sein angestaubtes Programm, sein Lebenswerk, das damals ganze Stadthallen gefüllt hat, weiter auf. Zwar wird er immer seltener und immer spezieller gebucht – Seniorenresidenzen fragen für ihren bunten Abend an – aber er glaubt daran, dass die Leute noch immer hören wollen, was Inge Meysel dazu sagen würde. Er will nicht begreifen, dass er nicht mehr gebraucht wird. Wie die einsame und widerspenstige Telefonzelle in Ulm.

Ich schweifte, den Hörer noch immer am Ohr, gedanklich ins Hier und Jetzt zurück, sah durch meine gläserne Wand und mich einer 20-köpfigen, asiatischen Reisegruppe gegenüber, die Fotos von mir machte. Zu Hause beim Dia-Abend würden sie erzählen, dass sie auch nicht wüssten, was der Mann in diesem Kasten genau getan habe, irgendetwas Antiquiertes, Traditionelles muss es gewesen sein, die deutsche Kultur eben; *und hier das nächste Bild, vom Ulmer Münster, ganz schön hoch, und nicht mal einen Aufzug gab es, so viele Treppen, wir haben es bis auf zehn Meter geschafft.*

Die Asiaten zogen weiter. Hinter ihnen tauchte eine Gruppe hipsteresker Kunststudenten auf, deren natürliche Art es ja ist, sich überall dazuzustellen, wo Leute irgendwas anschauen. Ich öffnete mit der Hacke die Tür einen Zentimeter, um hören zu können, was sie sagten.

»Das ist genial, eine Installation im öffentlichen Raum«, eröffnete der Erste.

»Das gab's auch schon mal in Lissabon«, übernahm der Nächste. »Ich würde das Objekt ,Der gläserne Mensch' nennen.«

Der Dritte nahm aufgeregt einen Schluck Bio-Zisch Melone: »Der Niedergang der Privatsphäre, permanente Zurschaustellung des Intimsten, eine so umfassende Aussage mit so bescheidenen Mitteln, das ist ganz groß.«

Der Erste: »Schau mal, da drüben, ein weißer Hund. Wir sollten ihn bemalen.«

Die drei rannten dem Hund hinterher, ich war wieder allein. Ich lauschte dem Freizeichen für eine Weile weiter und stellte mir vor, wer vor mir an dieser Stelle gestanden hatte und was hier alles passiert war. Wenn diese Telefonzelle sprechen könnte, sie hätte viel zu erzählen. Was würde *sie* wohl dazu sagen? Diese große Telefonzelle?

Sie würde sagen: »Ich hab so viel gesehen, so viel gehört. Ich hatte hier schon so viele Menschen drin. Und weißt du was? Die haben alle **telefoniert**. Meistens Ortsgespräche. Was sollten sie auch sonst hier machen, ich bin eine Telefonzelle. Ein einfaches Objekt zu einem bestimmten Zweck. Das ist nicht so wie heutzutage, wo es nicht mehr reicht, nur eine Sache anzubieten, damit die Leute zufrieden sind, weil ihnen beigebracht wurde, es sei viel besser, immer noch etwas Unsinniges dazu zu bekommen. Payback-Punkte, so ein Schwachsinn! Ich hab gehört, dass es in Berlin Cafés gibt, in denen man sich beim Latte-Trinken die Haare schneiden lassen kann, so ein Unfug. Ich hasse Berlin. Es war nicht alles schlecht früher.«

Das würde sie sagen, diese große Telefonzelle neben dem Ulmer Bahnhof. Ihre wenigen verbliebenen Kameradinnen stimmten mit ein in den Chor der Vergessenen, angeführt von der alten Gelben hoch oben im Ostseebad Laboe. Und wir sollten ihnen zuhören. Solange es noch geht. Bis der Chor verklingt. Das wird er. Alles verklingt. Auch das Freizeichen.

Franken

Wenn man über Bayern redet, muss man über Franken reden. Das mag nicht jedem Recht sein, aber es gehört halt irgendwie dazu. Was wäre Bayern ohne Franken? Immer noch Bayern.

Wenn Bayern der zeternde Großonkel ist, der alles besser weiß und immer eine Extra-Weißwurst bekommen muss, ist Franken die Angeheiratete aus zweiter Ehe, mit der man leidenschaftslos aus Gewohnheit zusammenlebt, die im Wohnzimmer den guten Sessel durchsitzt, ohne dass man noch etwas mit ihr anzufangen wüsste.

Franken. Die Quengler im Norden, die bei jeder Gelegenheit aufdringlich ins Bild hüpfen, ihr Fähnchen wedeln und schreien:

»Hallo! Wir sind auch noch da! Wir können auch was! Schaut mal her! Schaut uns an! Hier! Hier oben! Hallo?! Wir mit den rot-weißen Tischdecken. Schaut mal, was wir alles können …

Basketball! … Adidas! … Wagner-Festspiele! … Hitler war viel lieber bei uns als in München, mhm. Wir sind wichtig. Hey! Jetzt geht doch nicht schon wieder weg …«

Franken. Das Land, in dem nicht Milch und Honig fließen, sondern Pegnitz und Regnitz.

Pegnitz und Regnitz könnten für Auswärtige auch die Heldinnen einer Buchreihe über ein Mädcheninternat sein: *Die kleine Pegnitz und die kleine Regnitz auf der Suche nach dem Regenbogenpony*. Inhaltsangabe: Pegnitz und Regnitz geraten in Gefahr, als sie sich nach dem Blumenpflücken auf einer saftigen Wiese gegenseitig die Haare bürsten und dabei einschlafen. Ein brünftiger Hirsch nähert sich den beiden und möchte sich an ihnen abreagieren. Doch zum Glück sieht der gute Jäger von seinem Hochsitz aus zu und erlegt das Hirschlein mit 64 Schüssen aus seiner Schrotflinte. Pegnitz und Regnitz erwachen aus ihrem Erschöpfungsschlaf und reiben sich verdutzt die Äuglein. Haben sie da etwa ein Geräusch gehört? Aus Dankbarkeit kraulen sie dem Waidmann seinen wuschigen, langen Bart. »Mmmmh«, macht das Jägerlein, und lädt die beiden zu sich nach Hause ein. Ende. Zurück zum Thema: Franken.

Oh Franken! Heimat großer Töchter, Söhne. Lothar Matthäus, Markus Söder, Thomas Gottschalk,

Dagmar Wöhrl. OH DIESER GLANZ! Wir brauchen Sonnenbrillen.

Franken. Alle Geschichten, die ich je über Franken gehört habe, gehen so: »Ja, wir waren da halt wandern, dann sind wir eingekehrt. Und am Schluss waren wir alle so richtig besoffen.«

Es schließt sich die Frage an: Kann man Franken nur betrunken ertragen? In diesem Fall Land und Bewohner gleichermaßen. Die Antwort: Besser wär's schon, denn man muss sich ja auf gleicher Augenhöhe begegnen. Der Franke an sich ist auf nichts so stolz wie auf seine *Bierkultur* und seine Trinkfestigkeit. »Wir haben die höchste Brauereidichte der Welt« klingt doch auch gleich viel positiver als »Wir sind hier alle schwere Gewohnheitstrinker«.

Und dann torkeln sie durch ihre Städtchen, die Franken, prallen aufeinander und brüllen sich gegenseitig an:

»In Oberfranken ist's viel besser als wie in Unterfranken!«

»In Mittelfranken hamma die schönsde Madla!«

»So schön wie hier ist's sonst nirgends.«

Ja, das sagen halt alle. Egal wo. Das sagen sogar Leute, die aus'm Ruhrpott kommen. Halt dein Maul, »in Unterfranken is es viel schöner als in Oberfranken.« Das Konzept: »Ja gut, jetzt bin ich zufällig hier geboren, dann bleib ich da mal 80 Jahre und bin auch noch stolz drauf« erscheint mir halt nicht so ausgereift.

Da finden innerterritoriale Machtkämpfe statt, obwohl der Franke an sich doch schon genug damit zu tun hätte, einfach gegen die Bayern zu wettern.

Franken, was bleibt da noch zu sagen?

Franken. Na ja. Basst scho.

Lichtenberg

Auf dem Alexanderplatz war alles wie immer. Oben schoben und bimmelten sich die Trams durch das Gewimmel wie schon die Dampframmen zu Zeiten Franz Bieberkopfs. Der Platz war gewachsen seitdem, die Würde, mit der er überschritten wurde, nicht. Einer hockte vor umgedrehten Eimern und betrommelte sie mit den Händen, von den Umstehenden mehr gefilmt als mit Kleingeld bedacht, bedacht aber immerhin von der Weltzeituhr. Vor dem Primark auf den Treppen bedachten Teenagermädchen, was wohl die beste Uhrzeit sei, um zum Gruppenhaul in den dm zu gehen. Der mobile Bratwurstverkäufer drehte eine Wurst vor seinem Bauch von links nach rechts und fand wenig Beachtung. Sowjetische Devotionalien, hergestellt in den 2010ern, fanden in asiatischen Touristen neue Besitzer. Eine echte, russische Babuschka sang, ohne Geld dafür zu wollen. Einfach, weil sie singen wollte. Nach unten.

»Kommt die U-Bahn gleich?«, fragt mich eine überfordert wirkende Frau mit halbgemachter Frisur. Noch kann ich nicht sagen, ob die Überforderung integral zu ihrer Person gehört oder der Situation geschuldet ist.

»Ja«, sage ich, »2 Minuten«, sage ich, »steht da«, sage ich und deute auf die Anzeige, die über uns schwebt.

»Fährt sie denn auch in die richtige Richtung?«, fragt sie.

»Ja«, sage ich, »wenn Sie in die U5 wollen.«

Wir standen am Bahngleis der U5.

»U5 ist richtig. Aber Sie wissen ja gar nicht, wohin ich will.«

»Das macht nichts.«

»Dann könnte ich auch am falschen Gleis stehen?«

»Nein.«

»Sie machen mich ganz verrückt«, sagt sie etwas laut.

Ich glaube, dazu hat es meiner nicht unbedingt bedurft.

»Gute Frau«, sag ich, »die U5 fährt hier los. Es gibt nur eine Richtung. Wenn das Ihre Bahn ist, dann sind Sie hier richtig. Und da kommt sie schon.«

Beim Einsteigen fragt sie irgendeinen anderen, ob das die U5 sei und ob sie nur in eine Richtung fahre. Er stellt die Gegenfrage, ob sie einen Euro für ihn habe. Sie durchwühlt ihre Taschen, gibt ihm zwei und entschuldigt sich dafür, es nicht passend zu haben. Er steigt wieder aus.

Ich entferne mich so weit als möglich und nehme in der Mitte des Wagens Platz. Wir rollen an.

Auf den Infomonitoren erscheint die Nachricht, dass irgendein Stürmer mit unaussprechlichem Namen zur Hertha wechselt. Das Spiel solle nun umgestellt werden, da er sehr kopfballstark sei, er solle regelrecht »durch Flanken mit Bällen gefüttert« werden, heißt es.

Am Strausberger Platz steigt einer ein, der aussieht, als werde er auch täglich mit Bällen gefüttert. Er sieht sich leicht verzweifelt um. Ich mache mir Sorgen, dass seine unverhältnismäßig dürren Beine einknicken, wenn er sich nicht sofort setzen kann, und biete ihm meinen Platz an. Er reicht nicht ganz, noch einer muss weichen.

»Ist es die nächste Station?«, fragt mich die Frau vom Alexanderplatz. Sie hat sich unbemerkt an mich herangepirscht, nun teilen wir uns eine senkrechte Haltestange.

»Ich weiß doch gar nicht, wo Sie hinwollen«, sage ich.

»Lichtenberg«, sagt sie.

»Was wollen Sie denn da?«, frage ich.

»Ich besuche meine Tochter, sie studiert hier. Lehramt. Deutsch und … noch was. Später gehen wir in den Tierpark. Die Bahn hält doch auch am Tierpark?«

»Ja«, sage ich.

»Und ist die nächste Station Lichtenberg?«

»Nein«, sage ich, »die nächste Station ist, äh, Weberwiese.«

»Sie wissen das wohl gar nicht so genau. Sie mussten kurz nachdenken. Sie haben Äh gesagt. Sind Sie sich sicher?«

»Wenn ich mir nicht sicher wäre, wissen Sie, was ich dann machen würde?«

»Nein.«

»Dann würd ich hier oben schräg an der Decke nachschauen. Da stehen nämlich überall die Stationen angeschrieben. Außerdem gibt's Durchsagen und eine elektronische Anzeige. Da ist für jeden was dabei. Nach Lichtenberg sind es noch, äh, sechs Stationen.«

»Sie haben wieder *Äh* gesagt.«

»Ja.«

»Hält die Bahn denn auch in Lichtenberg?«

»Wieso sollte sie denn nicht da halten?«

»Vielleicht fährt sie durch, wenn keiner den Stopp-Knopf drückt.«

»Haben Sie hier irgendwo einen Stopp-Knopf gesehen? Das ist doch kein Bus.«

»Ich fahre nicht so oft U-Bahn, wissen Sie.«

»Das hab ich mir schon gedacht.«

Wir halten an der Station Weberwiese. Die Frau drückt den Türöffnungsknopf, lehnt sich dem Schild WEBERWIESE entgegen und fragt einen Wartenden: »Ist das hier Lichtenberg?«

»Kaufste mir n Bier?«, fragt er zurück.

Sirene und Rotlichthupe kündigen die Weiterfahrt an, das Geschäft kommt nicht zustande, da die Frau beim ersten Ton weg von der Tür und mir fast ins Gesicht springt. Ich drehe mich weg und sehe aus dem Fenster, die gelben Kacheln der Station hinter der Scheibe in etwa zehn Zentimetern Abstand. Im Nacken spüre ich den Blick der verhuschten Mutti, aber ich drehe mich nicht um, drehe mich einfach nicht mehr um. Und wenn ich bis zur Endstation fahren muss, Hönow, wo auch immer das sein mag: Ich will sie nicht mehr sehen. Irgendetwas wird schon passieren, das sie ablenkt. Irgendetwas passiert immer.

Die routinierten U-Bahnfahrer verhalten sich, wie man es tun sollte: Hinsetzen, Schnauze halten, alles ignorieren. An einer quer verlaufenden Haltestange am Ende des Wagens macht ein Fashion-Türke unter Anfeuerung seiner Entourage Klimmzüge, ich sehe es in der Spiegelung der Scheibe. Am Frankfurter Tor steigt ein Profi-Schnorrer mit seinem Hund ein und beginnt unvermittelt, sein höfliches Sprüchlein aufzusagen:

»Entschulljen Sie, wenn ick kurz um Ihre jeschätzte Aufmerksamkeit bitten dürfte. Ick hoffe, Sie wurden heute noch nich von allzu viel so

Vöjel wie mir anjelabert. Ick lebe uff der Straße und würde mir freuen, wenn Sie n bisschen wat für mich oder meinen vierbeinijen Jesellen übrig hätten.« Und so weiter. Es ist ein Glücksfall, wenn man so einen erwischt und kein Mariachi-Trio, das einem ungefragt die Ohren weg trompetet und dann auch noch Geld dafür verlangt.

»Ist die nächste Station Lichtenberg?«, fiept es ganz nah hinter mir.

»Nein«, hauche ich gegen die Scheibe auf ein schiefes Brandenburger Tor.

»Wie viele kommen denn noch?«, fragt sie, mir ihr Kinn über die Schulter schiebend.

Ich reagiere nicht mehr.

Sie wendet sich ab und an den nächsten Erreichbaren: »Entschuldigung. Lichtenberg?«

»Willstn da?«, bellt er freundlich.

Sie erzählt ihre Geschichte, die immer noch nicht besser geworden ist: »... und später wollen wir in den Tierpark. Die Bahn hält doch auch am Tierpark?«

»Ick mag ja Tiere«, sagt er und steigt aus.

In Lichtenberg war alles wie immer. Die Sterni-Flaschen rollten über den Bahnsteig, als sie die U5 verließ und den erstbesten fragte, ob dies hier die Station Lichtenberg sei. Er verneinte, weil er Touristen und ihre gehetzte Art nicht mochte. Sie sah sich um, erblickte all die Schilder, die LICHTENBERG verkündeten, traute ihnen nicht ganz und stieg in die nächste gerade ankommende U-Bahn, zurück Richtung Alexanderplatz. Dort kannte sie sich aus, weil sie eine überteuerte Currywurst direkt am Fernsehturm gegessen hatte. Auf der Fahrt zählte sie die Stationen, um den Ausstieg nicht zu verpassen. An der Endhaltestelle Alexanderplatz ging sie nach oben, warf einer russischen Babuschka, die ihrer Meinung nach schön sang, Kleingeld vor die Füße und rief ihre Tochter an, von der sie verlangte, abgeholt zu werden.

Die schoensten Ausmalbilder aller Ausmalbilder

Christian Ritter

DICHTER SCHLACHTEN

Mord beim Poetry Slam! Eine Jurorin wird am Morgen nach der Veranstaltung kreativ ermordet aufgefunden. Die unfähigen Jungkommissare Kim und Björn nehmen die Ermittlungen auf.

»Wir sollten in einer Telefonkonferenz mit den Trierer Kollegen die Fakten abgleichen.«
»Bei Ihnen muss sich immer alles gleich so wichtig anhören, Herr Kollege.«
»Es ist der zweite Mord diese Woche, irgendwie find ich das wichtig.«
»Erst essen wir die Würstchen fertig, sonst werden die kalt.«

Ein blutiger Roadtrip durch die Backstageräume der Republik.

Christian Ritter

MERKWÜRDIGE DIALOGE

»*Merkwürdige Dialoge* ist ein Buch mit merkwürdigen Dialogen. Merkwürdige Dialoge sind Dialoge, die merkwürdig sind. Ich habe da mal ein paar gesammelt ...« (Christian Ritter)

Mit Textbeiträgen zum Beispiel von Patrick Salmen, Felix Lobrecht, Ninia LaGrande, Paul Bokowski, Tino Bomelino, Volker Surmann, Marvin Ruppert, André Herrmann, Bea Bacher, Thomas Spitzer, Tilman Birr, Anke Fuchs und 17 anderen.

Vorgeschmack? Siehe da: facebook.com/merkwuerdigedialoge

Christian Ritter, Merkwürdige Dialoge
250 merkwürdige Dialoge | 206 Seiten | Hardcover | 12,95 Euro
ISBN 978-3-95791-029-5

»In den Augen des stummen Servierers
konnte man sich verlieren wie seine Unschuld
auf einer katholischen Jugendfreizeit – sehr leicht.«

Patricia Butterbloom

MEIN HERZ SO FEUCHT

Die erotische Enthüllung des Jahres! Christian Ritter schreibt unter dem Pseudonym »Patricia Butterbloom« erotische Kurzgeschichten für Damen – und alle, die es lesen wollen.

In »Mein Herz so feucht« verliebt sich die Protagonistin Cecilia Sundowner bei einem Brunch auf Gran Canaria in den schönen, stummen, spanischen Kellner. Was passiert später in der Umkleidekabine?

»Sein Körper war hart wie das Erwachen nach einer durchfeierten Champagnernacht.«

Patricia Butterbloom, Mein Herz so feucht
Minibuch | 22 Seiten | 2 Euro
ISBN 978-3-95791-048-6

»Verzeihen Sie, könnten Sie brummen?«

Christian Ritter

BRUMMEN

Eine kleine Geschichte über eine Frau, die auf Parkbänken sitzt, und einen Mann, der Pfandflaschen sammelt. Manche nennen sie »romantisch«, manche »typisch Berliner Lesebühne«, manche »WTF!?!«.

Brummen kam als einer der zwölf besten Texte unter 600 in die Endrunde des Literaturpreises Wartholz. Die Reaktionen der Jury stehen oben in Anführungszeichen.

Christian Ritter, Brummen
Minibuch | 30 Seiten | 2 Euro
ISBN 978-3-942920-40-7